KB275207

도련님

坊っちゃん

세계문학전집 473

도련님

나쓰메 소세키

김경원 옮김

민음사

일러두기

1 본문의 각주는 모두 옮긴이 주이다.

차례

천성이 앞뒤 재지 않고 덤비고 보는 천방지축인지라 어릴 때부터 손해만 본다.

소학교에 다닐 때 2층에서 뛰어내려 일주일 동안 꼼짝없이 자리보전한 적이 있다. 어쩌자고 그런 터무니없는 짓을 저질렀느냐? 이렇게 묻는 사람이 있을지도 모르겠다. 딱히 그럴듯한 이유가 있었던 것은 아니다. 새로 지은 교사 2층에서 고개를 쑥 내밀었을 때 마침 동급생 한 명이 이렇게 놀렸던 것이다.

"네가 아무리 젠체하는 놈이라도 거기에서 뛰어내리지는 못하겠지? 겁쟁이 바보!"

사환에게 업혀 돌아온 나를 보고 아버지는 눈을 부릅뜨고 호통쳤다.

"고작 2층에서 뛰어내렸다고 허리를 삐는 놈이 어디 있느냐?"

나도 질세라 말대답을 했다.

"이다음에 뛰어내릴 때는 말짱하면 되는 거죠?"

이런 일도 있었다. 친척에게 선물 받은 서양제 나이프를 햇빛에 반사시켜 날렵한 칼날을 동무들에게 보여 주었다. 그랬더니 한 친구가 말하기를 번쩍거리는 모양은 그럴싸해도 잘 베어질 것 같지는 않다고 했다.

"뭐라고? 얼마나 잘 베어지는지 어디 한번 보여 줄까?"

"그럼 네 손가락은 어때?"

"흥, 손가락 정도는 장난이지."

나는 오른손 엄지손가락 첫 마디를 칼로 싹둑 베었다. 다행히 나이프가 작았고 엄지손가락 뼈가 단단했기 때문에 지금도 손가락은 그럭저럭 붙어 있다. 그러나 칼에 베인 상처는 죽을 때까지 없어지지 않을 것이다.

마당에서 동쪽으로 스무 걸음을 떼면 남쪽 경사면에 손바닥만 한 채마밭이 있고, 그 한가운데 밤나무 한 그루가 서 있다. 목숨보다 소중한 밤나무다. 밤이 열리는 철에는 잠자리를 털고 일어나자마자 뒷문을 빠져나가 떨어진 밤을 주워 와서는 학교에 가져가 먹는다.

채마밭 서쪽은 야마시로야라는 전당포 마당과 이어져 있다. 이 전당포에는 간타로라는 열서너 살쯤 되는 아들이 있다. 간타로는 물론 간이 좁쌀만 한 겁보다. 겁쟁이인 주제에 격자 모양 대나무 울타리를 넘어 밤을 훔치러 온다. 어느 날 해 질 무렵 접이문 뒤편 어둑한 그늘에 숨어 있다가 끝내 간타로를 붙잡았다. 도망갈 구석을 찾지 못하자 간타로는 젖 먹던 힘까지 내어 덤벼들었다. 상대는 나보다 딱 두 살이 많다. 겁쟁이지만 힘은 세다. 큼지막한 머리통을 내 가슴에 대고 거칠게 들이미는 바람에 머리가 내 겹옷 소매 속으로 쑥 미끄러졌다. 거치적거려 움직일 수 없어서 팔을 마구 휘둘렀더니 간타로의 머리가 소매 안에서 왼쪽 오른쪽으로 요동쳤다. 급기야 괴로운 나머지 내 팔 위쪽을 물어뜯었다. 아야! 하며 간타로를 울타리 쪽으로 밀어붙이고는 다리를 걸어 건너편으로 쓰러뜨렸다.

야마시로야 쪽은 채마밭보다 6척(약 180센티미터)쯤 낮다. 간타로는 울타리를 반쯤 무너뜨리면서 자기 집 쪽으로 물구나무서듯 고꾸라졌고 으억 신음 소리를 냈다. 간타로가 떨어져 나갈 때 한쪽 소매가 뜯겨 나가는 바람에 갑자기 팔이 자유로워졌다. 그날 저녁 엄마는 야마시로야에 사과하러 갔다가 뜯겨 나간 소매도 찾아왔다.

그 밖에도 웬만한 장난은 다 쳤다. 목수 아들 가네코와 생선 가게 아들 가쿠를 데리고 모사쿠네 당근밭을 죄다 망쳐 놓은 적이 있다. 당근 싹이 고루 나지 않은 데를 짚으로 덮어 놓았는데, 그 위에서 세 놈이 반나절 내내 씨름을 했더니 당근이 모조리 뭉개져 죽어 버렸다.

후루카와네 논에 있던 우물 같은 것을 메웠다가 돈을 물어 준 적도 있다. 그것은 마디를 뚫은 굵은 대나무를 깊이 파묻고 거기에서 솟아나는 물을 근처 논에 대는 도구였다. 그때는 그것이 뭔지도 모르고 그 안에 돌멩이와 나무 막대기를 잔뜩 끼워 넣은 다음, 더는 물이 나오지 않는 것을 두 눈으로 확인한 뒤 집에 돌아와 밥을 먹고 있었다. 그랬는데 후루카와가 시뻘건 얼굴로 고함을 지르며 달려왔다. 아마도 돈을 집어 주고 수습했을 것이다.

아버지는 나를 손톱만큼도 귀여워해 주지 않았다. 엄마는 늘 형만 역성을 들었다. 얼굴이 유난히 허여멀건 형은 가부키에서 여자로 나오는 남자 배우를 흉내 내길 좋아했다. 아버지는 나를 볼 때마다 이놈은 어차피 변변한 인물이 되기는 글렀다고 말했다. 엄마는 거칠고 막돼먹어 앞날이 걱정된다고 말했다. 그렇다. 나는 번듯한 사람이 되지 못했다. 보시다시피 이모양 이 꼴이다. 앞날을 걱정하신 것도 무리가 아니다. 그저 징역살이만 면하고 살아갈 뿐이다.

어머니가 병환으로 돌아가시기 이삼일 전이었다. 부엌에서 재주넘기를 하다가 부뚜막 모서리에 갈비뼈를 부딪히는 바람에 몹시 아팠다. 어머니가 몹시 역정을 내며 너 같은 놈은 면상도 보고 싶지 않다고 하시길래 친척 집에 가 있었다. 그런데 돌아가셨다는 전갈이 왔다. 그렇게 빨리 돌아가실 줄은 몰랐다.

'그렇게 중병인 줄 알았다면 조금 얌전하게 굴 것을…….'
이렇게 후회하며 돌아온 내게 형이 말했다.
"이 불효자식! 너 때문에 엄마가 일찍 돌아가셨어."
분한 마음에 형의 따귀를 때렸다가 호된 꾸중을 들었다.
어머니가 돌아가시고 나서는 아버지와 형과 셋이서 살았다. 아버지는 손가락 하나 까닥하지 않으면서 내 얼굴만 보면 "넌 틀려먹었어. 몹쓸 놈이야." 하는 소리만 입버릇처럼 해댔다. 어디가 틀려먹었다는 말인지는 아직도 모르겠다. 괴팍한 아버지를 두었던 셈이다. 형은 실업가가 되겠다며 영어 공부에 열심이었다. 원래 여자 같은 데다가 교활한 성격이라 사이가 좋지 않았다. 열흘에 한 번꼴로 싸웠다. 한번은 장기를 두었는데, 비겁하게 선수를 치고는 내가 쩔쩔매자 고소하다는 듯 놀려 댔다. 머리끝까지 화가 나 손에 쥐고 있던 장기말을 형의 미간에 던졌다. 상처에서 피가 조금 났을 뿐인데 형은 아버지에게 일러바쳤다. 노발대발한 아버지는 호적에서 날 파버리겠다고 했다.

그때는 어쩔 수 없다고 단념하고 아버지 말씀대로 부자의 인연을 끊을 작정이었다. 그런데 십 년 넘게 부려 온 기요라는 하녀가 울며불며 매달려 아버지에게 빌어 준 덕분에 겨우 화를 풀었다. 그런데도 아버지가 무섭다는 생각은 별로 들지 않았다. 도리어 기요라는 하녀가 불쌍했다. 그녀는 본래 내력 있는 집안 출신이었는데, 메이지 유신으로 막번 체제가 무너졌을 때 집안이 영락해 결국 남의집살이까지 하게 됐다고 들었다. 이 하녀가 바로 할멈이다. 무슨 인연 때문인지 이 할멈이 나를 끔찍이 귀여워했다. 알다가도 모를 일이다. 어머니도 돌아가시기 사흘 전에 정나미가 떨어진다 했고, 아버지도 일 년 내내 골칫덩이 애물단지 취급했고, 동네에서도 구제 불능 말썽꾸러기라고 손가락질하는 이 몸을 할멈은 무턱대고 오냐오냐 받아줬다.

나는 도저히 귀여움을 받을 성격이 아니라고 체념하고 있었기 때문에 남에게 쓰레기 취급을 받는 것쯤 대수롭지 않았다. 도리어 할멈처럼 어르고 달래는 쪽이 미덥지 않았다.

"도련님은 성정이 곧고 천성이 참 훌륭하세요."

부엌에 아무도 없을 때 할멈은 나를 치켜세우곤 했다.

그러나 나는 할멈의 말을 이해할 수 없었다. 그렇게 훌륭한 천성을 타고났다면 할멈 말고도 잘 대해 주는 사람이 더 있어야 할 것 같았다.

"그만 알랑거려."

할멈이 칭찬할 때마다 나는 언제나 핀잔을 줬다.

"그러니까 도련님은 천성이 훌륭하다는 거예요."

그러면서 할멈은 도리어 뿌듯한 듯 내 얼굴을 쳐다본다. 제멋대로 날 추어올려 놓고는 자랑스러워하는 것처럼 보인다. 살짝 빈정이 상했다.

엄마가 돌아가시자 할멈은 더욱더 나를 귀여워했다. 가끔은 어린 마음에도 왜 이렇게 귀여워하나 싶어 고개를 갸우뚱했다. '귀찮아 죽겠군. 그냥 좀 내버려 두면 좋을 텐데.' 하고 생각했다. 딱하기도 했다. 여하튼 할멈은 나를 귀애했다.

이따금 자기 용돈으로 단팥 과자나 매화 모양 과자를 사 준다. 추운 밤에는 메밀가루를 챙겨 두었다가 차를 끓여 어느새 머리맡에 갖다 놓는다. 때로 냄비 국수까지 사 준다. 먹을 것뿐만이 아니다. 양말도 받았다. 연필도 받았다. 공책도 받았다. 훨씬 나중 일이지만 돈을 3엔쯤 빌려준 적도 있다. 내가 빌려 달라고 한 것이 아니다. 그녀가 방으로 3엔을 들고 왔다.

"용돈이 떨어져서 난처하지요? 이거라도 써요."

물론 필요 없다고 했지만, 그러지 말고 넣어 두라고 고집을 부리니까 빌린 셈 쳤다. 속으로 얼마나 기뻤는지 모른다. 그런데 3엔을 넣은 전대를 허리춤에 차고는 바로 변소에 갔다가 그만 똥통에 텀벙 빠뜨리고 말았다. 어쩔 도리 없이 어정어정 변소에서 나와 실은 이러저러하게 됐노라 할멈에게 말했다. 할멈은 내 말이 떨어지기 무섭게 대나무 작대기를 찾아와 돈을 건져 주겠다고 했다. 조금 있으니 우물가에서 좍좍 물소리가 났다. 나가 보니 작대기 끝에 전대의 끈을 걸어 놓고 물로 씻어 내고 있었다. 전대를 열어 1엔짜리 지폐를 살펴보니 갈색으로 변해 그림이 얼룩덜룩했다.

"이만하면 됐지요?"

할멈은 화롯불로 돈을 말려서는 내게 내밀었다. 나는 냄새를 맡아 보고 구린내가 난다고 했다.

"자, 그럼 이리 줘요. 바꿔다 드릴 테니."

할멈은 어디서 어떻게 속였는지 지폐 대신 은화로 3엔을 가져왔다. 그 3엔을 어디에 썼는지는 잊어버렸다. 금방 갚겠다고 해 놓고 갚지 못했다. 이제는 열 배로 갚아 주고 싶어도 갚을 길이 없다.

할멈은 반드시 아버지나 형이 없을 때만 내게 뭔가를 줬다. 나는 남들 몰래 저 혼자 득 보는 것을 가장 싫어한다. 물론 형과 사이가 좋지 않지만, 형 모르게 할멈에게 과자나 색연필을 받고 싶지는 않았다.

왜 나만 주고 형은 주지 않느냐고 할멈에게 물어본 적이 있다. 그러자 할멈은 시침 뗀 얼굴로 형은 아버지가 사 주니까 그렇다고 한다. 이것은 불공평하다. 아버지는 완고하지만 그렇게 편파적인 분은 아니다. 그러나 할멈 눈에는 그렇게 비쳤나 보다. 애정이 지나쳐 눈이 흐려진 것이리라. 원래는 지체가 좀 높았다고 해도 교육을 받지 못했으니 어쩔 수 없다.

이뿐만이 아니다. 편애란 오싹한 감정이다. 할멈은 내가 장차 입신출세해 훌륭한 사람이 되리라 믿어 의심치 않았다. 반면 열심히 공부하는 형은 얼굴만 희멀겋지 쓸 만한 인물은 못 되리라고 혼자 단정해 버렸다. 이런 식이니 할멈한테는 당해 낼 재간이 없다. 자기가 좋아하는 사람은 반드시 잘난 인물이 되고, 싫어하는 사람은 반드시 낙오한다고 믿었다.

난 그때부터 딱 꼬집어 훌륭한 사람이 되고 싶다는 생각도 없었다. 그런데 할멈이 꼭 된다고 하니까 그렇다면 뭐라도 될 수 있으려니 했다. 지금 돌이켜 보면 바보같다. 어느 날 할멈에게 내가 어떤 인물이 되겠느냐고 물어본 적이 있다. 그런데 할멈도 딱히 이렇다 할 생각이 있었던 것은 아닌 모양이다. 그저 틀림없이 자가용 인력거를 타고 현관이 멋진 집에서 살 것이라고 했다.

할멈은 내가 집이라도 마련해 독립한다면 나랑 함께 살 작정이었다. 제발 데리고 가 달라고 몇 번이나 거듭 부탁했다. 나도 어쩐지 집을 장만할 것 같은 생각이 들어 그렇게 하겠다고 대답은 해 두었다. 할멈은 상상력이 여간 뛰어나지 않다.

"도련님은 어디가 좋아요? 고지마치인가요? 아자부인가요? 뜰에는 그네를 달아 놓으세요. 서양식 응접실은 하나로 충분할 테지요."

이렇게 저 혼자 멋대로 계획을 세웠다. 그때는 집을 갖고 싶다는 생각도 없었다. 양옥이든 일본식 가옥이든 알 바 아니었다. 그래서 항상 할멈에게 집 같은 것은 갖고 싶지 않다고 대답했다. 그러면 도련님은 욕심이 없고 마음이 깨끗하다고 또다시 추어올렸다. 할멈은 내가 무슨 말을 하든 칭찬해 준다.

엄마가 돌아가시고 오륙 년 동안은 이렇게 살았다. 아버지에게는 야단맞고, 형과는 툭하면 싸웠다. 할멈에게는 과자를 얻어먹고 가끔 칭찬을 들었다. 특별히 바라는 것도 없고, 이것으로 됐다고 생각했다. 다른 아이들도 대부분 이렇겠지 싶었다. 다만 할멈이 무슨 일이 있을 때마다 "도련님은 참 불쌍해요. 가엾은 분이에요." 하고 한숨 지으며 말하는 바람에 '나는 불쌍하고 가여운 놈이로구나!' 했을 뿐이다. 그 밖의 고충은 전혀 없었다. 단 아버지가 용돈을 주지 않는 데는 두 손 두 발 다 들었다.

엄마가 돌아가시고 육 년째 되는 정월에 아버지도 뇌졸중으로 돌아가셨다. 나는 그해 사립 중학교를 졸업했고, 형은 6월에 상업 학교를 졸업했다. 형은 모 회사의 규슈 지점으로 발령받아 집을 떠나야 했다. 나는 도쿄에서 남은 공부를 마쳐야 했다. 형은 집을 팔아 재산을 정리하고 부임지로 떠나겠다고 말을 꺼냈다. 나는 아무래도 상관없다고 답했다.

어차피 형에게 신세 지고 싶지 않았다. 보살핌을 받는다 해도 싸움만 날 테고, 형에게 무슨 소리든 들을 것이 뻔하다. 섣불리 보호를 받겠다고 했다가는 형에게 머리를 숙여야 한다. 우유 배달을 하더라도 내 힘으로 벌어먹겠다고 각오를 다졌다.

형은 고물상을 불러다가 선조 대대로 내려온 잡동사니를

헐값에 팔아 치웠다. 집과 대지는 어떤 사람의 주선으로 어느 자산가에게 넘겼다. 꽤 이문을 남긴 듯한데 자세한 사정은 전혀 모른다. 나는 한 달 전부터 앞날이 정해질 때까지 간다의 오가와마치에 있는 하숙집에서 지냈다.

할멈은 십 년 넘게 머물던 집이 남의 손에 넘어가는 것을 크게 안타까워했지만, 제 것이 아닌 이상 어쩔 도리가 없었다.

"도련님이 조금만 더 나이가 들었어도 상속을 받을 수 있었을 텐데요."

틈만 나면 이렇게 하소연했다. 만약 좀 더 나이가 들어야 상속을 받을 수 있다고 한다면 이제라도 집을 물려받을 수 있을 것이다. 아무것도 모르는 할멈은 나이만 들면 형의 집을 물려받을 수 있다고 믿었다.

형과 나는 이렇게 헤어졌다. 문제는 할멈의 거처였다. 형은 물론 데리고 갈 처지가 아니었고, 할멈도 형의 꽁무니를 따라 규슈 끝자락까지 내려갈 마음이 털끝만큼도 없었다. 하지만 나 역시 방 한 칸짜리 값싼 하숙에 틀어박혀 있었고, 여차하면 곧장 거처를 옮겨야 할 형편이었다. 별도리가 없어 할멈에게 물어봤다.

식모살이라도 갈 생각이냐고 물었더니 힘들게 결심이라도 한 듯, 도련님이 집을 장만하고 장가를 들 때까지는 어쩔 수 없으니 조카에게 신세를 지겠다고 대답했다. 마침 조카는 재판소 서기여서 당장은 먹고살 걱정이 없다고 자기 집으로 오기를 두어 번 권했다고 한다. 그렇지만 할멈은 비록 남의집살이일지언정 오랫동안 정붙이고 살던 집이 편하다는 구실로 조카의 호의를 사양해 왔다. 그러나 이번에는 낯모르는 집으로 식모살이를 들어가 불편하게 지내기보다는 조카 집으로 들어가는 편이 낫다고 생각한 모양이다. 그러면서도 얼른 집을 마련하라는 둥, 장가를 들라는 둥, 그러면 와서 거들어 주겠다는 둥 말을 보탠다. 친척인 조카보다도 남인 내게 더 마음이 끌리나 보다.

규슈로 떠나기 이틀 전에 형이 하숙으로 찾아왔다. 600엔을 내놓으며 이 돈을 밑천 삼아 장사를 하든, 학비로 쓰든 마음대로 하라고 했다. 그 대신 앞으로 내 일은 알아서 하라고 했다. 형답지 않게 하는 짓이 신통하다. 그깟 600엔이야 받지 않아도 내 앞가림은 할 수 있다고 생각했지만, 평상시와 다르게 담박하게 처리하는 모습이 마음에 들어 고맙다고 말하고 받아 두었다. 그런 다음 형은 50엔을 건네며 할멈에게 전해 달라고 했다. 나는 군말 없이 받았다. 이틀 뒤 신바시 정거장에서 헤어진 이후로 형과 한 번도 못 만났다.

나는 벌러덩 누워서 600엔을 어떻게 쓸지 궁리했다. 장사는 귀찮기만 하고 잘될 리도 없다. 게다가 600엔으로 장사다운 장사를 할 수 있을 것 같지도 않다. 설령 잘된다 해도 이 꼴을 해서야 남들에게 웬만큼 교육은 받았노라고 자랑할 수도 없으니 결국 손해일 따름이다. 장사 밑천이니 뭐니 골치만 아프다. 아무래도 좋으니 이 돈으로 공부나 하자. 600엔을 셋으로 쪼개 일 년에 200엔씩 쓰면 삼 년은 공부할 수 있다. 삼 년 동안 죽자 살자 공부하면 뭐라도 되겠지.

그렇다면 어느 학교로 갈까 생각했지만, 태생부터 학문이라면 이도 저도 좋아하지 않는다. 특히 어학이라든가 문학 같은 것은 딱 질색이다. 신체시(新體詩) 같은 것은 스무 행 가운데 한 행도 이해하지 못한다. 어차피 좋아하지도 않을 바에야 무슨 공부든 매한가지라고 생각했는데, 마침 물리 학교[1] 앞을 지나치다가 학생 모집 광고가 붙어 있는 것을 봤다. 이것도 인연인가 보다 하고 입학 원서를 받아 곧장 입학 수속을 밟아 버렸다. 지금 돌이켜 보면 이 또한 천성적으로 앞뒤 가리지 않는 성격이 저지른 실수였다.

삼 년 남짓 공부는 남들만큼 했지만 딱히 소질이 있는 것도 아니어서 성적은 언제나 뒤에서 세는 것이 빨랐다. 하지만 신기하게도 삼 년이 지나 드디어 졸업했다. 스스로도 이상했지만 불만이 있을 리도 없어 얌전하게 졸업해 두었다.

졸업하고 나서 여드레째 되는 날, 교장이 찾는다기에 무슨 일인가 싶어 학교에 가 봤다.

"시코쿠 근방에 있는 중학교에서 월급 40엔에 수학 가르칠 사람을 찾는데, 가 보지 않겠나?"

삼 년 동안 학문을 배웠다고는 하나 솔직히 말해 교사가 될 생각도, 시골로 내려갈 생각도 없었다. 그렇다고 교사가 아닌 다른 일을 해 보겠다는 뜻도 없었던 만큼 그 자리에서 바로 가겠다고 대답했다. 역시 천성적으로 앞뒤 가리지 않는 성격이 탈이었다.

---

1) 도쿄 이과 대학의 전신. 중학 졸업생은 누구나 입학할 수 있지만, 졸업할 수 있는 학생은 지극히 제한적이었다.

제안을 수락한 이상 부임해야 한다. 지난 삼 년 동안 한 칸 짜리 다다미 방에 칩거하면서 단 한 번도 잔소리를 들은 적이 없다. 싸움도 하지 않고 지냈다. 내 생애 중 비교적 평탄한 시절이었다. 그러나 일이 이렇게 된 이상 한 칸짜리 다다미 방도 정리해야 한다. 태어나서 도쿄 바깥으로 나가 본 것은 동급생과 함께 가마쿠라로 소풍 갔을 때뿐이다. 이번에는 가마쿠라 정도가 아니다. 산 넘고 물 건너 아주 멀리 가야 한다. 지도를 보니 바닷가인데 바늘 끝만큼 작다. 어차피 시시한 곳일 테다. 어떤 마을인지, 어떤 사람들이 살고 있는지 전혀 모른다. 몰라도 상관없다. 걱정도 되지 않는다. 그저 갈 뿐이다. 그렇기는 해도 좀 귀찮다.

집을 처분하고 나서도 이따금 할멈을 찾아갔다. 조카라는 사람은 의외로 인물이 괜찮다. 내가 찾아가면 이것저것 대접해 준다. 할멈은 나를 앞에 앉혀 놓고 조카에게 내 자랑을 늘어놓는다. 학교를 졸업하면 고지마치 근처에 집을 장만하고 관청에 다닐 것이라고 큰소리친 적도 있다. 제멋대로 정해 놓고 제멋대로 떠들어 대니 듣는 사람은 민망해서 얼굴이 달아올랐다. 그것도 한두 번이 아니다. 어릴 적 오줌 싼 이야기까지 끄집어냈을 때는 기가 막혔다. 조카는 무슨 생각으로 잠자코 할멈의 자랑을 듣고 있었을까. 할멈은 구식 여자라서 우리 관계를 봉건 시대의 주인과 하인처럼 생각했다. 자기에게 주인이면 조카에게도 분명 주인이라고 여겼던 듯하다. 그야말로 날벼락이다.

드디어 부임이 결정 났다. 도쿄를 떠나기 사흘 전에 할멈을 찾아가 보니 감기에 걸려 북향의 좁은 다다미 방에 누워 있었다. 내가 온 것을 보고 일어나 앉자마자 "도련님, 집은 언제 마련하세요?" 하고 물었다. 졸업만 하면 돈이 저절로 호주머니에 넘치는 줄 알고 있다. 그렇게 잘난 사람을 붙들고 아직까지 도련님이라고 부르는 것 자체가 어이없다.

"당분간은 집을 못 살 거야. 시골로 내려가거든."

이렇게 간단하게 말해 주니 실망한 낯빛이 역력했다. 할멈은 흰머리가 희끗희끗 섞인 귀밑머리를 자꾸만 쓸어내렸다. 퍽이나 불쌍해 보였다.

"가기는 가지만 곧 돌아올 거야. 내년 여름 방학에는 꼭 돌아올게."

이렇게 위로했다. 그런데도 야릇한 표정을 짓고 있었다.

"선물로 뭘 사다 줄까? 뭐가 먹고 싶어?"

"에치고에서 나는 조릿대 엿이 먹고 싶어요."

에치고 지방의 조릿대 엿이라고? 생전 들어 본 적도 없다. 아니 애당초 시코쿠와 방향이 아예 달랐다.

"내가 가는 시골에는 조릿대 엿이 없을 것 같아."

"어디 부근인데요?"

"서쪽이야."

"하코네보다 먼가요? 가까운가요?"

어떻게 말해 줘야 할지 몰라 진땀이 났다.

출발하는 날은 아침부터 와서 이것저것 챙겨 줬다. 오는 길에 잡화점에서 산 치약과 이쑤시개와 수건을 두꺼운 천 가방에 넣어 줬다. 그런 것은 필요 없다고 해도 막무가내였다. 나란히 인력거를 타고 정거장까지 가서 플랫폼으로 나갔다. 할멈은 기차에 올라탄 내 얼굴을 뚫어지게 쳐다보더니 가느다란 목소리로 말했다.

"영영 이별일지도 몰라요. 부디 몸조심해요."

눈에 눈물이 그렁그렁했다. 나는 울지 않았다. 그러나 하마터면 울 뻔했다. 기차가 꽤 움직이고 나서 감정이 좀 가라앉은 듯싶어 창문으로 고개를 내밀고 뒤를 돌아봤다. 할멈은 아직도 그 자리에 서 있었다. 어쩐지 아주 조그맣게 보였다.

2

　부우웅 기적 소리를 내며 기선이 멈추자 나룻배가 물가를 떠나 노를 저어 왔다. 사공은 알몸뚱이에 빨간 훈도시를 차고 있다. 미개한 곳이다. 그도 그럴 것이 이 정도 더위라면 옷을 걸치기는 힘들겠지. 강렬한 햇볕에 물결이 유난히 반짝거린다. 지그시 바라보고 있으면 눈이 부셔 아찔해진다.

　사무원에게 물어보니 이곳에 내리라고 한다. 얼핏 보기에는 오모리만 한 어촌이다. '사람을 한참이나 우습게 봤군그래. 이런 곳에서 어떻게 살란 말이야?' 이런 생각이 들었지만 어쩔 수 없다. 기세 좋게 제일 먼저 배를 옮겨 탔다. 내 뒤로 대여섯 명은 더 탔을 것이다. 그다음 커다란 궤짝을 네 개씩이나 쌓아 올리고 나서 빨간 훈도시는 노를 저어 물가에 이르렀다.

　육지에 닿았을 때에도 제일 먼저 뛰어올랐다. 바닷가에 있던 코흘리개 아이를 붙잡아 대뜸 중학교가 어디냐고 물었다. 아이는 멍하니 모른다고 대답했다. 멍청한 시골뜨기다. 좁아터진 동네인데 중학교가 어디인지도 모르는 놈이 다 있군.

이상한 통소매 옷을 입은 남자가 다가와 이리로 오라고 했다. 꽁무니를 따라갔더니 미나토야라는 여관으로 데려갔다. 보기 흉한 여자들이 소리를 치며 들어오라고 해서 들어가기가 싫어졌다. 문간에 선 채로 중학교를 가르쳐 달라고 하니까, 중학교는 여기에서 기차로 2리(약 8킬로미터)쯤 더 가야 한다고 했다. 들어가기가 더 싫어졌다. 통소매 옷을 입은 사내가 들고 있던 내 가방 두 개를 빼앗아 들고는 느릿느릿 걷기 시작했다. 여관 사람들은 영문을 모르겠다는 표정을 지었다.

정거장은 금방 찾을 수 있었다. 차표도 수월하게 샀다. 올라타고 보니 성냥갑 같은 기차다. 덜커덩덜커덩 오 분쯤 움직였나 싶더니 벌써 내려야 한단다. 어쩐지 표삯이 싸다 싶더라니…… 달랑 3전이었다. 인력거를 불러 중학교에 가 보니 벌써 방과 후라 아무도 없다. 숙직 담당자는 잠깐 볼일 보러 나갔다고 사환이 알려 줬다. 참 팔자 편한 숙직도 있구나 싶다. 교장이라도 만나 볼까 했지만 기진맥진한 터라 인력거꾼에게 여관에 데려다 달라고 말했다. 인력거꾼은 힘차게 달려 야마시로야라는 집에 인력거를 갖다 댔다. 야마시로야는 간타로네 전당포 이름과 같아서 좀 우스웠다.

무슨 속셈인지 2층 계단 아래에 있는 어두침침한 방으로 안내했다. 더워서 견딜 수 없다. 이런 방은 싫다고 했더니, 공교롭게도 방이 다 찼다면서 가방을 내팽개치고 나가 버렸다.

어쩔 수 없이 방에 들어가 땀을 흘리며 화를 참았다. 조금 뒤 목욕하라고 하기에 욕탕에 풍덩 뛰어들었다가 금방 나왔다.

방으로 돌아오면서 슬쩍 엿보았는데 시원해 보이는 방이 꽤 비어 있었다. 괘씸하기 짝이 없다. 거짓말이나 해 대고……. 하녀가 밥상을 들고 들어왔다. 방은 더웠지만 밥은 하숙집보다 훨씬 맛있었다. 하녀가 밥 시중을 들면서 어디에서 왔느냐고 묻기에 도쿄에서 왔다고 대답했다.

"도쿄는 좋은 곳이겠지요?"

"당연하지."

밥상을 물린 하녀가 부엌으로 갔을 무렵 커다란 웃음소리가 들렸다. 대거리할 가치도 없어 금방 잠자리에 누웠지만 좀체 잠이 오지 않는다. 덥기만 한 것이 아니다. 시끄럽다. 하숙집보다 다섯 배는 떠들썩하다. 설핏 잠들었다가 할멈 꿈을 꿨다. 에치고의 조릿대 엿을 잎사귀째 우걱우걱 먹고 있다. 조릿대는 독이 있으니까 먹지 말라고 했더니 "아니에요, 약인걸요." 하며 맛있게 먹었다. 어이가 없어 입을 크게 벌리고 하하하 웃다가 잠이 깼다. 하녀가 덧문을 열고 있다. 변함없이 하늘 밑바닥이 뚫린 것 같은 날씨다.

여행을 하면 행하를 주는 법이라고 들었다. 그러지 않으면 푸대접을 받는다고 했다. 이렇게 좁아터지고 어두침침한 방에 처넣은 것도 돈을 주지 않은 까닭이리라. 초라한 행색에 두꺼운 천 가방과 헝겊으로 만든 박쥐우산을 들고 있었기 때문이리라. 쳇, 시골뜨기 주제에 사람을 괄시했단 말이지. 행하를 듬뿍 줘 놀래 주리라. 이래 봬도 나는 학비로 쓰고 남은 돈

30엔을 갖고 도쿄를 떠나왔다. 기찻삯과 뱃삯과 잡비를 빼고도 아직 14엔쯤 남아 있다. 전부 준다 해도 앞으로 꼬박꼬박 월급을 받을 테니 걱정 없다. 촌놈은 인색하니까 5엔만 줘도 눈이 휘둥그레질 것이 틀림없다. 어떻게 나오나 두고 보자.

세수하고 방에 돌아와 기다리고 있었더니 엊저녁과 같은 하녀가 밥상을 들고 왔다. 쟁반을 들고 시중을 들면서 밉살스럽게 히죽히죽 웃는다. 버릇없는 아이다. 내 얼굴에 뭐라도 묻은 양 힐끔거린다. 이래 봬도 하녀의 낯짝보다는 내가 훨씬 잘생겼다. 밥을 다 먹고 나서 주려고 했지만 약이 올라 도중에 5엔 지폐를 한 장 내밀었다. 나중에 계산대에 갖다 주라고 했더니 하녀가 의아한 표정을 지었다. 식사를 끝내고 곧장 학교에 출근했다. 구두는 닦아 놓지 않았다.

어제 인력거를 타고 가 본 터라 어림짐작으로 위치는 대강 안다. 모퉁이를 두세 번 돌았더니 금방 교문이 나왔다. 교문에서 현관까지는 화강암이 깔려 있다. 어제 이 돌바닥을 인력거로 지나갈 때는 덜그럭덜그럭 소리가 엄청나서 조금 난처했다. 오는 길에 제복을 입은 학생 무리와 마주쳤는데, 모두들 이 문으로 들어간다. 개중에는 나보다 키가 크고 힘세 보이는 학생도 있다. 저런 놈을 가르쳐야 하나? 어쩐지 심사가 편치 않았다.

명함을 내밀었더니 교장실로 안내해 줬다. 수염이 드문드문 나고 얼굴이 검고 눈이 커다란 교장은 너구리처럼 생겼다. 괜히 거드름을 피웠다. 정성을 다해 가르쳐 달라며 큼직하게 도장이 찍힌 임명장을 정중하게 건넨다. 이 임명장은 도쿄로 돌아갈 때 돌돌 말아 바다에 던져 버렸다. 교장은 곧 교직원을 소개해 줄 터이니 그때 일일이 임명장을 보여 주라고 했다. 쓸데없는 수고다. 그런 귀찮은 짓을 하느니 사흘 동안 교무실에 임명장을 붙여 놓는 편이 낫겠다.

선생들이 교무실에 모이려면 1교시를 끝내는 종이 울려야 한다. 시간이 꽤 남았다. 교장은 시계를 꺼내 보더니 때가 되면 천천히 이야기할 생각이지만 우선 대강 돌아가는 형편을 알아 두라면서 교육 정신에 대해 길게 설교를 늘어놨다. 나는 물론 적당히 흘려듣고 있었는데, 도중부터 엉뚱한 곳으로 오고 말았다는 생각이 들었다. 교장이 일러 주는 대로 하기란 도저히 불가능하다.

나처럼 앞뒤 안 가리는 놈을 붙잡아 놓고 학생의 모범이 되라는 둥, 학교의 사표(師表)로서 존경받아야 한다는 둥, 학문 이외에도 덕을 베풀지 않으면 교육자가 될 수 없다는 둥 무턱대고 터무니없는 주문을 한다. 그런 훌륭한 인물이 월급 40엔에 이렇게 후미진 촌구석까지 올 턱이 있겠느냐 말이다. 인간이란 대개 비슷비슷한 법이다. 누구라도 화가 치밀면 다툴 수도 있을 듯싶은데, 이런 상태라면 제대로 입 한번 뻥긋할 수 없다. 산책도 할 수 없다. 이렇게 힘든 자리라면 고용하기 전에 이러저러하다고 미리 일러 주어야 할 것 아닌가.

나는 거짓말하기 싫다. 이미 벌어진 일이니 별 도리가 없다. 속아서 왔다고 체념하고, 지금 깨끗하게 그만두고 도쿄로 돌아가자고 생각했다. 여관에 5엔을 주는 바람에 지갑에는 9엔 얼마밖에 없다. 9엔으로는 도쿄까지 갈 수 없다. 행하 같은 것은 주지 않아도 되었는데 괜한 짓을 했다. 그러나 9엔으로도 무슨 수가 있을 것이다. 여비는 부족하지만 거짓말하는 것보다는 낫다.

"선생님 말씀대로는 도저히 할 수 없습니다. 이 임명장은 돌려 드리지요."

교장은 너구리 같은 눈을 끔벅거리며 내 얼굴을 쳐다본다.

"지금 한 말은 그저 희망일 뿐일세. 그대로 되지 않는다는 건 잘 알고 있으니까 걱정 마시게."

그가 웃었다. 그렇게 잘 알면 처음부터 종주먹을 들이대지 말 것이지.

이러고저러고 하는 사이에 종이 울렸다. 교실 쪽이 갑자기 술렁거린다. 교사들도 다 모였을 것이라고 하기에 교장을 따라 교무실로 들어갔다. 넓고 길쭉한 방 둘레에 책상을 늘어놓고 모두들 앉아 있다. 내가 들어가자 마치 약속이나 한 듯 내 얼굴을 쳐다봤다. 구경거리도 아닌데…… 나는 교장이 시킨 대로 한 사람 한 사람 앞으로 다가가 임명장을 내밀며 인사했다. 대부분은 의자에서 일어나 허리를 굽혀 인사하는 정도였지만, 사려 깊은 사람은 임명장을 받아 들고 죽 훑어본 다음 공손하게 돌려줬다. 마치 싸구려 연극을 흉내 내는 것 같다. 열다섯 명째 체조 교사 차례가 왔을 때는 같은 동작을 몇 번이나 되풀이한 탓에 지겨워졌다. 상대방은 한 번으로 끝나지만 나는 똑같은 짓을 열다섯 번이나 반복하고 있으니 말이다. 조금은 남 생각도 해 주면 좋으련만.

인사한 사람 중에 교감 아무개라는 인물이 있었다. 문학사라고 한다. 문학사라고 하면 대학 졸업생이니까 잘난 사람이겠지. 목소리가 묘하게 여자처럼 부드러운 사람이었다. 제일 놀란 점은 이 더운 날에 플란넬 셔츠를 입고 있었다는 것이다. 웬만큼 얇은 천이라고 해도 분명 더울 것이다. 문학사라고 고생스럽게 차려입었나 보다. 게다가 빨간색 셔츠라니! 대체 다른 사람들을 뭐로 보나 싶다. 나중에 이야기를 들어 보니 이 남자는 일 년 내내 빨간색 셔츠를 입는다고 한다. 제정신이 아닌 것 같다. 본인 설명으로는 빨간색이 몸에 좋기 때문에 건강을 위해 일부러 주문했다고 한다. 참 걱정도 팔자다. 그렇다면 기모노도 하카마[2]도 죄다 빨간색으로 입을 것이지.

영어 교사는 얼굴색이 영 좋지 않은 고가라는 남자였다. 대개 얼굴이 창백한 사람은 몸이 마른 편인데, 이 남자는 창백한데도 뚱뚱하다. 옛날 소학교에 다닐 때 아사이 다미라는 동급생이 있었다. 그 애의 아버지 역시 이런 얼굴빛이었다. 아사이네는 농사를 지었으니까 농사꾼이 되면 얼굴이 저렇게 되느냐고 할멈에게 물었다.

"그렇지 않아요. 그 사람은 끝물로 열린 호박만 먹어서 창백하게 부어 있는 것이랍니다."

그 뒤로 창백하게 부어 있는 사람을 보면 반드시 끝물로 열린 호박만 먹은 탓이라고 생각했다. 이 영어 교사도 끝물만 먹고 사는 모양이다. 하기는 끝물이 어떤 것인지 지금도 모른다. 할멈에게 물어본 적은 있지만, 할멈은 웃기만 하고 대답해 주

---

2) 袴. 기모노 위에 입는 주름 잡힌 하의.

지 않았다. 아마 할멈도 몰랐겠지.

나와 같은 수학 교사로 홋타라는 사람이 있었다. 이 사람은 다부진 몸에 까까머리인데, 히에이잔의 악승[3]으로 보이는 면상이다. 사람이 정중하게 임명장을 보여 주는데 눈길도 돌리지 않는다.

"아, 네가 신임이냐? 나중에 놀러 와라, 아하하하."

뭐가 아하하냐. 예의도 모르는 놈에게 누가 놀러 갈쏘냐. 나는 이때부터 이 까까머리에게 '산미치광이[호저]'라는 짐승 이름을 별명으로 지어 줬다.

한학 교사는 과연 고지식하다.

"어제 당도해 피곤하실 텐데 벌써 수업을 시작하시다니 대단히 성실한 분으로……."

이렇게 쉴 새 없이 말하는 것을 보니 성격 좋은 늙은이다.

미술 교사는 영락없이 예인 같다. 야들야들한 비단 하오리[4]를 걸치고 부채를 탁탁 접었다 폈다 한다.

"고향은 어디시온지? 에헷? 도쿄? 야, 반갑구면. 고향 친구가 생겨서……. 이래 봬도 나도 에도 토박이올시다."

이런 자가 에도 토박이라면 에도에서 태어나고 싶지도 않았을 것이라고 마음속으로 생각했다. 그 밖에도 각각 사람마다 이런 식으로 얼마든지 쓸 수 있다. 하지만 한도 끝도 없을 테니 그만두련다.

---

3) 히에이잔에 있는 절 엔라쿠지에서 세력을 떨치던 승병. 무사나 다를 바 없었다.
4) 羽織. 기모노 위에 입는 짧은 겉옷.

인사가 대충 끝나자 오늘은 이만 돌아가도 좋다고 교장이 말했다.

"수업에 관해서는 수학 주임과 의논하고, 모레부터 수업을 시작해 주게."

수학 주임이 누구냐고 물었더니 아까 그 산미치광이란다. 빌어먹을, 그놈 밑에서 일해야 하나 싶어 아이고 하고 절로 실망의 탄식을 내뱉었다.

"이봐, 어디에 묵고 있어? 야마시로야라고? 음, 곧 찾아갈게. 같이 의논해 보자."

산미치광이는 이런 말을 남기고 분필을 들고 교실로 들어갔다. 주임이나 되면서 의논하러 찾아오겠다니 가벼운 남자다. 그래도 불러내는 것보다는 훌륭하다.

교문을 나서서 곧장 숙소로 돌아갈까 했지만 돌아간다고 별 일이 있는 것도 아니다. 잠시 마을을 둘러볼까 싶어 무턱대고 발길 닿는 대로 돌아다녔다. 현청(縣廳)도 봤다. 지난 세기에 지은 낡은 건축물이다. 병영도 봤다. 도쿄 아자부의 연대보다 못하다. 중심가도 봤다. 너비가 가구라자카를 반쯤 좁혀 놓은 정도밖에 안 되었고, 집이나 상점이 늘어선 모습도 거기보다 별로다. 쌀을 25만 석 거두어들이는 성(城)이라고 해 봤자 대수롭지 않다. 이런 곳에 사는 주제에 성에 산다고 젠체하는 인간들이 애처롭다고 생각하며 걷다 보니 어느새 야마시로야에 당도했다. 넓은 듯해도 좁은 곳이다. 이것으로 대강은 다 돌아본 셈이리라.

들어가 밥이라도 먹으려고 현관을 들어섰다. 계산대에 앉

아 있던 안주인이 내 얼굴을 보더니 급히 뛰어나와 "어서 오
서요." 하며 마룻바닥에 머리를 조아렸다. 신을 벗고 올라서니
빈방이 났다면서 하녀가 2층으로 안내했다. 2층 큰길 쪽에 있
는 다다미 열다섯 장짜리 방에는 커다란 도코노마[5]가 붙어
있다. 태어나서 여태껏 이토록 훌륭한 방에 들어와 본 적이 없
었다. 다음에 또 언제 올 수 있을지 모르니까 양복을 벗고 유
카타 한 장만 걸치고는 방 한가운데에 큰대자로 누워 봤다.
날아갈 것 같은 기분이다.

　점심밥을 먹고 곧장 할멈에게 편지를 썼다. 나는 글도 잘
못 쓰지만 한자에도 약해서 편지 쓰기를 대단히 싫어한다. 딱
히 편지 쓸 일도 없다. 그러나 할멈은 노심초사하고 있을 것이
다. 배가 가라앉아 바다에 빠져 죽지나 않았을까 애를 태우면
곤란하니까 심기일전해서 긴 편지를 썼다. 사연인즉슨 이렇다.

　"어제 도착했어. 시시한 곳이야. 열다섯 장짜리 다다미방에
누워 있어. 여관에 행하를 5엔 줬거든. 안주인이 마룻바닥에 머
리를 조아리더군. 어젯밤은 잘 못 잤어. 할멈이 조릿대 엿을 잎
사귀까지 통째로 먹는 꿈을 꿨거든. 내년 여름에는 돌아갈게.
오늘 학교에 가서 모두 별명을 붙여 줬어. 교장은 너구리, 교감
은 빨강셔츠, 영어 선생은 끝물호박, 수학 선생은 산미치광이,
미술 선생은 알랑쇠……. 나중에 이런저런 이야기를 더 해 줄

------

5) 床の間. 일본 건축에서 방 안에 인형이나 꽃꽂이를 장식하고 붓글씨를
걸어 놓는 공간을 말한다. 방바닥보다 조금 높다.

게. 그럼 잘 있어."

편지를 다 썼더니 기분이 개운해져 졸음이 솔솔 왔다. 아까처럼 방 한가운데에서 활개 치며 큰대자로 누워 잤다. 이번에는 꿈도 꾸지 않고 푹 잠들었다.

"이 방인가?"

큰소리가 나기에 눈을 떴더니 산미치광이가 들어왔다.

"아까는 실례했네. 자네가 할 일은……."

내가 자리에서 일어나자마자 다짜고짜 담판을 지으려고 해서 몹시 당황스러웠다. 담임이 할 일을 물어보니 별로 어려운 일도 아닌 것 같아 받아들였다. 이깟 일이라면 모레는커녕 내일부터 시작하라고 해도 대수롭지 않다. 수업에 관한 의논이 끝나자 산미치광이가 이런 말을 꺼냈다.

"설마 언제까지나 이런 방에 있을 작정은 아닐 테지? 내가 괜찮은 하숙을 주선해 줄 테니 옮기도록 해. 외지 사람 말은 듣지 않아도 내가 말해 주면 금방 될 거야. 빠를수록 좋으니까 오늘 가 보고, 내일 옮기고, 모레부터 학교에 나가면 알맞춤이겠는걸."

혼자서 북 치고 장구 친다. 하기는 열다섯 장짜리 다다미방에 언제까지나 있을 수도 없다. 월급을 고스란히 갖다 바쳐도 감당하지 못할지 모른다. 5엔씩이나 행하를 내놓고 곧장 옮기자니 좀 아깝다. 그래도 어차피 옮겨야 한다면 얼른 옮겨 자리를 잡는 편이 낫겠다 싶어 그 일에 관해서는 산미치광이에게 부탁하기로 했다. 그러자 산미치광이가 어쨌든 같이 가 보자고 하기에 따라나섰다.

　동네에서 좀 떨어진 언덕 중턱에 있는 집인데 무척 한적하다. 주인은 골동품을 매매하는 이카긴이라는 사내로 마누라는 남편보다 네 살 연상이다. 중학교에 다닐 때 위치[6]라는 말을 배운 적이 있는데, 이 마누라는 실로 위치와 닮았다. 위치든 뭐든 남의 마누라니까 상관없다. 결국 다음 날 옮기기로 했다. 돌아오는 길에 산미치광이는 도리초(通町)에서 빙수를 한 그릇 사 줬다. 학교에서 만났을 때는 아주 건방지고 무례한 인간이라고 생각했는데, 이렇게 여러 가지로 보살펴 주는 모습을 보니 나쁜 사내는 아닌 것 같다. 단지 나와 마찬가지로 성질이 급하고 다혈질인 모양이다. 나중에 들으니 이 남자가 학생들에게 제일 인기가 있다고 한다.

____

6) witch. 마녀.

3

드디어 학교에 출근했다. 처음 교실에 들어가 교단에 올라섰을 때는 기분이 어쩐지 이상했다. 수업을 하면서 나 같은 것도 선생질을 할 수 있구나 생각했다. 학생은 성가시다. 때때로 돼지 먹따는 소리로 "선생님!" 하고 부른다. 그러면 대답을 해 주었다. 지금까지 물리 학교에서는 날마다 "선생님, 선생님!" 하고 불러 왔다. 하지만 선생님이라고 부르는 것과 불리는 것은 하늘과 땅 차이이다. 어쩐지 발바닥이 근질거린다.

나는 비겁한 인간도 아니고 겁 많은 사내도 아니지만, 애석하게도 배짱이 없다. 학생이 "선생님!" 하고 큰 소리로 부르면 꼬르륵거리는 배를 움켜잡고 마루노우치에서 정오의 대포 소리를 들은 것 같은 기분이다. 1교시는 적당히 끝내고 말았다. 별로 곤란한 질문도 받지 않고 끝났다. 교무실로 돌아오니 산미치광이가 어땠느냐고 묻는다.

"음, 글쎄……"

간단히 대꾸했더니 산미치광이는 안심한 듯했다.

2교시에는 분필을 들고 교무실을 나오는데 어쩐지 적진을 향해 쳐들어가는 것 같았다. 교실에 들어서니 이 학급은 앞 반보다 덩치가 큰 놈들뿐이다. 나는 에도 토박이에 깡마르고 몸집이 작아 아무리 높은 곳에 올라선다 해도 권위 있어 보이지 않는다. 싸움이라면 씨름 선수하고도 얼마든지 맞붙어 보겠지만, 이렇게 덩치만 산만한 애송이들을 마흔 명이나 앞에 앉혀 놓고 오직 세 치 혀만 놀려 꼼짝 못하게 기를 죽일 도리는 없다.

그러나 이런 시골뜨기들에게 약한 모습을 보이면 버릇없이 굴 것이라고 생각하고, 되도록 우렁찬 목소리에 혀끝을 말듯이 힘을 준 어조로 수업을 진행했다. 처음에는 학생들도 얼이 빠져 멍하니 듣고 있기에, 거봐라 하고 득의양양해져 깔보는 어투로 말했다. 그랬더니 맨 앞줄 중앙에 앉은 제일 세 보이는 놈이 벌떡 자리에서 일어나 "선생님!" 하고 불렀다. 올 것이 왔구나 하고 무슨 일이냐고 물었다.

"너무 빨라서 알아들 수가 없어예. 좀 천천히 말씀해 주시면 어떻겠습니껴? 에?"

'어떻겠습니껴? 에'라니 정말 맥 빠지는 말투다.

"말이 너무 빠르다면 천천히 말해 주겠지만, 난 에도 토박이라 너희가 쓰는 말은 쓸 수 없어. 알아들을 수 없다면 알아들을 때까지 기다리도록!"

이런 식으로 2교시는 예상보다 잘 끝났다. 다만 교실을 나서려는데 한 학생이 "이 문제 좀 가르쳐 주시면 어떻겠습니꺼? 에?" 하고 풀지도 못할 기하 문제를 갖고 왔다. 식은땀이 났다. 어쩔 수 없이 "잘 모르겠다. 다음에 가르쳐 줄게." 하고 급히 자리를 떴더니 학생들이 와아 하고 소리를 질렀다. 뒤에서 "못 푼대, 못 푼대." 하는 소리가 들린다.

이런 등신들 같으니. 선생도 못 푸는 문제가 있을 수 있지. 못 푸는 걸 못 푼다고 하는데 뭐가 이상해? 그런 문제를 풀 깜냥이라면 월급 40엔에 이런 시골까지 오지도 않았다고…….

이렇게 생각하며 교무실로 돌아왔다. 이번에도 어땠느냐고 또 산미치광이가 묻는다.

"음, 글쎄……."

이렇게 얼버무렸다가 그것만으로는 속이 후련하지 않아 덧붙였다.

"이 학교 학생들은 벽창호더군."

산미치광이는 묘한 표정을 지었다.

3교시도, 4교시도, 점심시간 후 첫 수업도 대동소이했다. 첫째 날 수업에서는 모두 조금씩 실수를 저질렀다. 교사라는 직업은 옆에서 보기보다 쉽지 않구나 싶었다. 수업은 다 마쳤지만 아직 집에 갈 수 없다. 3시까지 하릴없이 기다려야 한다. 3시가 되면 담임을 맡은 반 학생이 교실 청소가 끝났다고 알려 줄 테니까 검사를 하라고 한다. 그다음 출석부를 한번 훑어보고 나서야 자유로운 몸이 된다.

아무리 월급을 받고 팔려 온 몸이라지만 비는 시간까지 학교에 붙들어 두고 책상과 눈싸움이나 시키는 법이 어디 있단 말인가. 그렇지만 다른 선생들 모두 얌전히 규칙에 따르는데 신참인 나 혼자 제멋대로 구는 것도 좋지 않을 것 같아 참고 있었다.

"이러니저러니 해도 3시까지 자리를 지키게 하는 건 멍청한 짓이야."

돌아가는 길에 산미치광이에게 하소연했다. 산미치광이는 "그렇지, 아하하." 하고 웃어 제꼈다. 그러나 곧 진지한 표정으로 충고하듯 말했다.

"자네 말이야, 학교에 대놓고 불평하면 안 돼. 불만이 있으면 나한테만 해. 이상한 놈들도 적지 않으니까."

네거리에서 헤어지는 바람에 무슨 소리냐고 자세하게 물을 틈은 없었다.

숙소에 돌아오니 하숙집 주인 영감이 찾아와 "차 한잔, 끓입죠." 한다. 차를 끓인다기에 얻어 마시겠구나 싶었으나 내 차를 사정없이 넣어 제가 마신다. 이 꼴을 보건대 내가 없을 때에도 멋대로 내 방에 들어와 저 혼자 "차 한잔, 끓입죠."를 할지도 모른다.

"서화와 골동품을 좋아해 결국 은밀하게 이런 장사를 시작했다우. 보아하니 선생님도 풍류를 아는 분인 것 같고 하니, 취미 삼아 시작해 보면 어떻겠습니까?"

주인이 엉뚱한 권유를 한다.

이 년 전, 어떤 사람의 심부름으로 제국 호텔에 갔을 때 자물쇠 고치는 사람으로 오해받은 적이 있다. 담요를 뒤집어쓰고 가마쿠라의 대불상을 구경하러 갔을 때는 인력거꾼이 '나리'라고 불렀다. 그 밖에도 오늘까지 오해를 받은 적은 꽤 있지만, 나를 붙잡고 '풍류를 아는 분'이라고 말한 사람은 여태 없었다. 대체로 풍류랑은 옷차림이나 분위기로도 알아볼 수 있다. 그림만 보더라도 두건을 쓰든가 단자쿠7)를 들고 있지 않은가.

나한테 진지하게 풍류랑이라고 말하는 것을 보면 보통이 아니다. 그렇게 태평스러운 노인들이나 하는 일은 싫다고 하니까 주인은 헤헤헤헤 웃는다.

"처음부터 좋아하는 사람은 아무도 없습죠. 하지만 일단 이 길로 들어서면 웬만해서는 벗어날 수 없습니다요."

이렇게 말하고 혼자서 묘하게 손을 놀리며 차를 홀짝홀짝 마신다. 실은 엊저녁에 차를 사 오라고 부탁해 두었는데, 이렇게 쌉쌀하고 진한 차는 싫다. 한 잔 마시면 위가 쓰릴 것 같다. 다음부터는 덜 쌉쌀한 차를 사 오라고 하니까 "알겠습니다." 하며 또 한 잔을 따라 마신다. 남의 차라고 무턱대고 마시는 놈이다. 주인이 물러간 뒤에 내일 가르칠 것을 들여다본 다음 곧장 잠자리에 들었다.

그 후 매일매일 학교에 나가 규칙대로 일했다. 매일매일 귀가하면 주인이 "차 한잔, 끓입죠." 하며 나온다. 딱 일주일이 지나자 학교 분위기도 어느 정도 익숙해졌고, 하숙집 부부의 됨됨이도 대충 파악했다.

---

7) 短册. 하이쿠 등을 적는 두껍고 길쭉한 종이.

다른 교사에게 물어보니 임명장을 받고 일주일에서 한 달쯤은 자기 평판이 좋은지 나쁜지 퍽 신경이 쓰인다고 한다. 나는 전혀 그런 마음이 들지 않았다. 이따금 교실에서 실수해도 그때만 언짢을 뿐 삼십 분만 지나면 싹 괜찮아진다. 나는 무슨 일이든 지멸있게 걱정하려고 해도 그렇게 못 하는 인간이다. 교실에서 저지른 실수가 학생들에게 어떤 영향을 미치고, 교장이나 교감이 실수에 어떻게 반응할지 도통 무관심했다.

앞에서 말한 대로 나는 그리 배짱 있는 남자는 아니지만, 단념은 아주 잘하는 인간이다. 이 학교가 영 아니라고 생각하면 바로 떠날 각오가 되어 있었기 때문에 너구리도, 빨강셔츠도 하나도 무섭지 않았다. 하물며 교실의 애송이들에게 환심을 사거나 알랑방귀를 뀔 마음은 들지 않았다.

학교는 그런대로 괜찮았지만 하숙집은 그렇지 않았다. 주인이 차를 마시러 오는 것 정도는 그럭저럭 참을 수 있지만, 이것저것 물건을 들고 오는 일은 골치 아프다. 처음에 갖고 온 것은 도장을 파는 도구였다. 열 개나 늘어놓고 전부 합해서 3엔이면 싼 것이니 사라고 한다. 시골을 돌아다니는 삼류 화가도 아니고, 그런 것은 필요 없다고 거절했다. 그랬더니 이번에는 가잔(崋山)인지 뭔지 하는 남자가 그린 화조(花鳥) 그림 족자를 갖고 왔다. 직접 도코노마에 걸어 놓고 한마디 한다.

"잘 그리지 않았습니까?"

"뭐, 그런 것 같기도 하군요……."

나는 적당히 대꾸했다.

"가잔은 두 명이 있습지요.[8] 한 명은 머시기 가잔이고 또 한 명은 머시기 가잔인데, 이 그림은 그중에 머시기 가잔이 그린 것이랍니다."

주인은 이렇게 시시한 설명을 주절거리더니 흥정을 재촉한다.

"어떻습니까? 선생에게는 15엔에 드릴 테니 사십쇼."

"돈이 없습니다."

"돈은 나중에 주셔도 됩니다요."

후에 더욱 끈적거리며 달라붙기에 그때는 "돈이 있어도 안 사요." 하고 쫓아 버렸다. 그다음에는 도깨비기와만한 벼루를 메고 왔다.

"이것은 단케이[9]랍니다. 단케이!"

단케이라고 두 번, 세 번 연거푸 젠체하기에 짐짓 단케이가 뭐냐고 물었다. 마치 기다렸다는 듯이 즉시 설명이 이어졌다.

"단케이에는 상층, 중층, 하층이 있습니다. 요즘 것들은 다 상층이지만, 이것은 확실히 중층입니다. 이 눈을 보십쇼. 눈이 세 개 있는 것은 희귀합죠. 먹물이 번진 발묵 상태도 지극히 양호하니까 한번 써 보십시오."

그러면서 내 앞으로 커다란 벼루를 내민다.

---

8) 와타나베 가잔(渡辺崋山, 1793~1841)은 서양화 기법을 도입한 사실적 화풍을 확립한 에도 시대 후기의 화가이며 요코야마 가잔(横山華山, 1784?~1837)은 산수화에 능했던 에도 시대 후기의 화가를 가리킨다.
9) 端溪. 중국 광둥성의 돤시(端溪)에서 나는 양질의 벼룻돌. '눈'은 돌 안의 둥근 점무늬. '발묵'은 묵이 잘 닳는 정도를 가리킨다.

"얼마입니까?"

"물건 임자가 중국에서 갖고 와서 꼭 팔고 싶다고 하니까 싸게 해서 30엔에 드리지요."

이 남자는 바보임에 틀림없다. 학교는 그럭저럭 다닐 듯싶지만, 이렇게 시도 때도 없이 골동품 강매를 당해서는 도무지 오래 머무를 수 없을 것 같다.

그러는 동안 학교도 따분해졌다. 어느 날 저녁 오마치라는 곳을 산책하고 있었다. 우체국 옆에 '메밀국수'라고 쓰고 아래쪽에 '도쿄'라고 작게 덧붙여 쓴 간판이 있었다. 나는 메밀국수를 참 좋아한다. 도쿄에 있을 때도 메밀국숫집 앞을 지나다가 국수 냄새를 맡으면, 무슨 일이 있어도 발걸음을 멈추고 들어가고 싶어진다. 그동안은 수학과 골동품 때문에 메밀국수를 잊고 있었지만, 이렇게 간판을 본 마당에 그냥 지나칠 수 없다.

이왕 이렇게 됐으니 한 그릇 먹고 갈까 싶어 들어갔다. 둘러보니 간판이 무색하다. 도쿄를 내세웠으면 좀 깨끗하게 해 놓을 것이지. 도쿄를 모르는 것인지 돈이 없는 것인지 정말 더럽다. 다다미 색깔이 변한 것은 그렇다 치고 모래까지 버석거린다. 벽은 검댕으로 시커멓다. 천장은 램프 그을음으로 더께가 앉았을 뿐 아니라 저절로 고개를 움츠릴 정도로 낮다. 다만 정갈하게 메밀국수 이름을 써서 붙인 가격표만은 무척 새것이다. 분명 아무 낡은 집이나 사서 이삼일 전에 문을 연 것이리라. 가격표의 제일 첫머리는 튀김 메밀국수다.

"여보슈, 여기 튀김 메밀국수 좀 가져오슈."

내가 큰소리로 주문하자 이때까지 구석에 옹기종기 앉아 후룩후룩 쩝쩝 먹고 있던 세 사람이 동시에 이쪽을 쳐다봤다. 실내가 어두워 몰랐는데 얼굴을 마주하고 보니 우리 학교 학생들이다. 먼저 인사하기에 나도 고개를 끄덕였다. 그날 저녁은 오랜만에 메밀 국수를 먹는지라 맛있는 나머지 튀김 메밀 국수를 네 그릇이나 해치웠다.

이튿날 아무 생각 없이 교실로 들어가니 칠판 한가득 커다란 글씨로 '튀김 메밀국수 선생님'이라고 적혀 있다. 내 얼굴을 보더니 모두들 와하하 웃는다. 어처구니가 없다.

"튀김 메밀국수를 먹는 게 뭐 잘못됐냐?"

"그래도 네 그릇은 너무하잖습니껴? 에?"

한 학생이 말했다.

"네 그릇을 먹든 다섯 그릇을 먹든 내 돈으로 내가 먹는데 무슨 군소리가 그리 많으냐?"

일사천리로 수업을 마치고 교무실로 돌아왔다. 십 분 뒤 다음 교실로 들어갔더니 "한 번에 튀김 메밀국수 네 그릇이라. 단 웃어서는 아니 되느니라!" 이렇게 칠판에 적혀 있다. 아까는 별로 화가 나지 않았지만 이번에는 부아가 치밀었다. 농담도 지나치면 놀림이 된다. 굽다가 숯덩이처럼 태워 버린 떡을 좋아라 할 사람은 없다. 시골뜨기는 정도껏을 모르기 때문에 지나치게 한껏 밀고 나가도 괜찮다고 여기는 모양이다.

한 시간만 걸으면 더는 구경거리도 없는 좁아터진 고장에 살면서 달리 화젯거리도 없으니까 튀김 메밀국수 사건을 마치 러일 전쟁이라도 되는 양 떠들고 다니는 것일 테다. 불쌍한 놈들이다. 어릴 때부터 이런 교육을 받으니 단풍나무 분재처럼 배배 꼬인 소인배나 나오는 것이다. 악의가 없다면 같이 웃어 주겠지만, 이게 무슨 꼴이냐. 어린 주제에 독기를 품고 있다. 나는 잠자코 칠판을 지웠다.

"이런 장난이 재미있냐? 이건 비겁한 농담이야. 너희는 '비겁'이 무슨 뜻인지 알고 있어?"

"자기가 한 일을 놀림당해 화내는 게 비겁한 거 아닙니꺼? 에?"

꼴도 보기 싫은 놈이다. 저런 놈을 가르치자고 일부러 도쿄에서 왔다고 생각하니 자신이 한심해졌다.

"괜한 말로 우기려 들지 말고 공부나 해."

나는 수업을 시작해 버렸다. 그다음 교실에 들어갔더니 "튀김을 먹으면 지기 싫다고 괜한 말을 늘어놓는 자가 되느니라……." 이렇게 쓰여 있다. 이래서야 한도 끝도 없겠다.

"이렇게 주제넘은 놈들은 가르치지 않겠다."

머리끝까지 화가 치밀어 이렇게 말하고 쌩하니 교실을 나왔다. 학생들은 수업이 없어졌다며 기뻐했다고 한다. 이쯤 되면 학교에서 가르치느니 골동품 장사가 그나마 낫겠다.

튀김 메밀국수 사건도 하룻밤 자고 났더니 화가 퍽 누그러졌다. 학교에 나가 보니 학생들도 나와 있다. 무슨 영문인지 모르겠다. 그 후 사흘 동안은 별다른 일이 없었다. 나흘째 저녁에 스미타라는 곳에 가서 경단을 먹었다. 스미타는 온천이 있는 동네다. 성 안 마을에서 기차로는 십 분쯤, 걸어가면 삼십 분쯤 걸린다. 요릿집, 온천 여관, 공원도 있을 뿐 아니라 유곽도 있다. 내가 들어간 경단 파는 집은 유곽 입구에 있었다. 맛있다고 소문이 자자했기 때문에 온천에 갔다 오는 길에 잠시 들러 먹어 봤다.

이번에는 학생들과 마주치지 않았기에 아무도 모르겠지 싶었다. 그런데 다음 날 학교에 가서 1교시 수업을 들어갔더니 "경단 두 접시 7전!"이라고 쓰여 있다. 실제로 나는 두 접시에 7전을 냈다. 참으로 성가신 놈들이다. 2교시에도 필시 무슨 일이 있겠지 했더니 "유곽 경단, 맛있군, 맛있어!" 하고 적혀 있다. 정말 질리는 놈들이다.

경단 사건이 이만하게 끝났는가 싶었더니 이번에는 빨간 수건이 입방아에 올랐다. 무슨 일인가 했더니 시시껄렁한 이야기였다.

나는 여기에 부임하고 나서부터 매일같이 스미타 온천을 다니고 있다. 다른 곳은 어디든 도쿄의 발꿈치에도 미치지 못하지만 온천만은 훌륭하다. 모처럼 이런 곳까지 왔으니 매일 온천을 가고 싶어 저녁 식사 전에 운동 삼아 다녀온다. 그때 반드시 커다란 서양 수건을 들고 간다. 이 수건은 빨간색 줄무늬가 들어가 있어 물에 젖으면 언뜻 주홍색으로 보인다. 나는 온천에 갈 때도 돌아올 때도, 기차에 탈 때도 걸어갈 때도 언제나 이 수건을 어깨에 걸치고 다닌다. 그래서 학생들이 나를 가리켜 "빨간 수건, 빨간 수건." 한다고 한다. 아무래도 좁은 마을이다 보니 말들이 많다.

또 있다. 3층 신축 건물인 이 온천의 고급 욕탕에서는 8전만 받고 유카타도 빌려주고 때도 밀어 준다. 더구나 여자가 천목대[10]에 찻잔을 받쳐 내온다. 나는 언제나 고급 욕탕에 들어 갔다. 그랬더니 월급 40엔을 받으면서 매일 고급 욕탕에 들어 가는 것은 사치라는 말이 나왔다. 쓸데없는 참견이다.

또 있다. 화강석을 깔아 놓은 욕탕은 다다미 열다섯 장만 하다. 대개는 열서너 명이 몸을 담그고 있지만 가끔은 아무도 없을 때가 있다. 일어섰을 때 젖꼭지까지 잠기는 깊이이기 때 문에 운동 삼아 탕 안을 헤엄치면 여간 상쾌하지 않다. 나는 사람이 없는 것을 확인하고는 널찍한 탕 안을 헤엄치며 돌아 다니기를 즐겼다. 그런데 어느 날 3층에서 기세 좋게 내려가 오늘도 헤엄칠 수 있을까 하고 탕 입구를 들여다봤더니 시커 먼 글씨로 "탕 안에서 헤엄치지 말 것"이라는 커다란 팻말이 붙어 있다. 탕 안에서 헤엄치는 사람은 별로 없으니까 이 팻말 은 나 때문에 특별히 만들었을지도 모른다. 나는 그 뒤로 헤엄 치기를 단념했다.

헤엄치기를 그만두었는데도 학교에 가 보니 예전처럼 칠판 에 "탕 안에서 헤엄치지 말 것"이라고 쓰여 있는 것을 보고 깜 짝 놀랐다. 어쩐지 전교생이 나 하나를 감시하고 있는 것 같았 다. 우울했다. 학생들이 뭐라 한다고 해서 하고자 마음먹은 일 을 그만둘 나는 아니지만, 이렇게 숨이 턱 막힐 듯 좁아터진 곳에 왔구나 생각하니 스스로 한심해 죽을 지경이었다. 그러 고 나서 집으로 돌아오면 변함없이 골동품에 시달린다.

---

10) 천목을 놓는 차탁. 천목이란 송나라에서 유래한 흑유 찻잔을 말한다.

4

학교에서는 직원들이 돌아가며 숙직을 선다. 단 너구리와 빨강셔츠는 예외다. 이 두 사람이 어째서 당연한 의무를 면제받느냐고 물어보니 주임관에 상응하는 대우를 받기 때문이라고 한다.[11] 참으로 가관이다. 월급은 많이 받아 가고, 수업 수는 적고, 거기에 숙직까지 면제받는다니, 이렇게 불공평할 수가 있단 말인가. 멋대로 규칙을 정해 놓고 그것이 당연하다는 듯 행세한다. 참 뻔뻔하기도 하지. 여기에 대해서는 불만투성이지만, 산미치광이의 주장에 따르면 아무리 혼자 불평을 늘어놔도 통하지 않는다고 한다. 혼자든 둘이든 옳은 일이라면

---

11) 주임관은 칙임관에 이은 고등관으로 내각 총리대신의 추천을 받아 임명했다.

통할 법도 한데, 산미치광이는 "Might is right."라는 영어를 인용해 나를 설득하려 했다. 어쩐지 요령부득인지라 다시 물어보니 '강자의 권리'라는 뜻이라고 한다.

강자의 권리라면 옛날부터 알고 있는 바다. 이제 와서 산미치광이한테 새삼 설명을 듣지 않아도 된다. 강자의 권리와 숙직은 별개 문제다. 너구리와 빨강셔츠가 강자라고 누가 인정할까 보냐. 어쨌든 토론은 토론이고, 드디어 내가 숙직할 차례가 됐다. 원체 까탈스러운 성격이라 내 이부자리에 편안하게 눕지 않으면 잠을 자도 제대로 잔 것 같지 않다. 어릴 때부터 친구 집에서 외박한 적이 거의 없을 정도다. 친구 집조차 싫거늘 학교 숙직실이라니 싫어 죽겠다. 아무리 싫어도 이 일이 40엔에 포함돼 있으니 어쩔 수 없다. 참고 숙직을 설밖에…….

교사와 학생이 모두 돌아간 뒤 혼자 오도카니 있는 것은 참 멍청한 짓이다. 숙직실은 교실 뒤편에 있는 기숙사의 서쪽 외딴 방이다. 살짝 들어가 봤더니 저녁 해가 강하게 들어 후텁지근한 열기를 배겨 낼 수 없다. 시골이라 가을이 돼도 더위는 쉬 물러나지 않는다. 기숙사 밥을 가져다 달라고 해서 저녁 끼니를 때웠는데 몸 둘 바를 모를 정도로 맛이 없었다. 이런 음식을 먹고 용케 날뛰는구나. 게다가 다들 저녁밥을 서둘러 4시 반에 먹어 치워 버리는 것을 보면, 호걸 나셨다.

밥은 먹었지만 아직 해가 저물지 않았으니 잠자리에 들 수도 없다. 살짝 온천에 다녀오고 싶어졌다. 숙직 중에 밖으로 나가도 되는지 모르겠지만, 감옥살이에 버금가는 고통을 참아 낼 수는 없는 노릇이다. 처음 이 학교에 와서 당직 서는 사람을 찾았을 때 사환이 볼일 보러 잠깐 나갔다고 대답했던 일이 생각났다. 그때는 이상하다고 여겼는데 내 차례가 되고 보니 이해가 간다. 나가는 것이 맞다. 사환에게 잠시 나갔다 오겠다고 하니 무슨 볼일이냐고 묻는다. 볼일은 없고 온천에 간다고 대답하고 쌩하니 나와 버렸다. 빨간 수건을 하숙에 두고 온 것이 아쉬웠다. 오늘은 온천에서 빌려야지.

느긋하게 탕을 들어갔다 나왔다 했더니 이윽고 저녁 해가 뉘엿뉘엿했다. 기차를 타고 고마치 역까지 와서 내렸다. 학교까지는 4정(약 430미터)이다. 별문제 없겠지 하고 걸음을 뗐더니 저쪽에서 너구리가 왔다. 너구리는 이 기차로 온천에 가려는 모양이다. 성큼성큼 빠른 걸음으로 다가오더니 스쳐 지나갈 때 내 얼굴을 쳐다보기에 가볍게 인사했다. 그러자 너구리가 심각한 얼굴로 물었다.

"자네, 오늘 숙직이 아니었던가?"

'아니었던가?'라고 할 것도 없는데…….

"오늘 밤은 처음으로 숙직을 맡았군. 수고하게."

두 시간 전에 이렇게 인사까지 하지 않았는가. 교장이나 된 답시고 속이 배배 틀린 말을 뱉는 모양이다. 나는 울컥 화가 치밀었다.

"네, 숙직입니다. 숙직이니까 이제 돌아가 잠은 확실하게 자겠습니다."

이렇게 내 말만 하고 발걸음을 내디뎠다. 다테마치 네거리에 이르렀을 때 이번에는 산미치광이와 딱 맞닥뜨렸다. 좁아도 이렇게 좁을 수가! 밖에 나와 걷기만 하면 반드시 누군가와 마주친다.

"이봐, 자네 숙직이 아닌가?"

"그래, 숙직일세."

"숙직이 함부로 나와 돌아다니면 곤란하지 않나?"

"곤란하기는 뭐가 곤란하다는 말인가? 나와 돌아다니지 않는 것이 곤란하지."

나는 호기를 부렸다.

"자네, 그렇게 흐리터분하면 곤란해. 교장이나 교감과 만나기라도 하면 한 소리 들을 텐데."

산미치광이는 그답지 않은 말을 한다.

"교장하고는 방금 만났네. 더울 때 산책이라도 하지 않으면 숙직도 참 수고로운 일이라며 교장이 산책 나온 것을 칭찬하던걸."

귀찮은 생각에 이렇게 대꾸하고 재빨리 학교로 돌아왔다.

금방 해가 졌다. 해 저문 뒤 두 시간 동안은 숙직실로 사환을 불러 이야기를 나눴다. 하지만 그것도 싫증이 났다. 잠은 오지 않더라도 잠자리에 들자는 생각에 잠옷으로 갈아입었다. 모기장을 들치고 빨간 담요를 탁 차서 걷어 젖히고, 엉덩방아를 쿵 찧으며 벌러덩 드러누웠다. 내가 잘 때 엉덩방아를 쿵 찧는 것은 어릴 적부터 해오던 버릇이다. 오가와마치에서 하숙할 때 아래층에 살던 법률 학교 서생이 나쁜 버릇이라며 지적한 적이 있다. 법률 학교 서생 따위가 힘도 없는 주제에 입만 살아 되지도 않는 소리를 길게 늘어놓기에 납작코를 만들어 주었다.

“잘 때 쿵쿵 소리가 나는 것은 내 엉덩방아 때문이 아니야. 하숙집 건물이 조잡해서 그래. 불평을 하려면 하숙집 주인한 테 하시든지!”

이 숙직실은 2층이 아니니까 아무리 쿵쿵거려도 상관없다. 될수록 힘차게 쿵 하고 나자빠지지 않으면 잠을 잔 것 같지 않다. “아, 기분 좋아.” 하며 다리를 쭉 뻗으니 뭐가 양다리로 날아올랐다. 까칠까칠한 것이 벼룩도 아닌 것 같아 깜짝 놀라 담요 속에서 다리를 두어 번 흔들어 봤다. 그러자 까칠하게 닿았던 놈이 갑자기 늘어나 정강이 쪽에 대여섯 마리, 허벅지 에 두어 마리, 엉덩이 밑에서 빠지직 뭉개진 것이 한 마리, 배 꼽까지 뛰어오른 것이 한 마리……. 정말이지 화들짝 놀라 자 빠졌다. 얼른 일어나 담요를 확 뒤로 젖히니 이불 속에서 메뚜 기가 오륙십 마리 튀어나왔다.

정체를 몰랐을 때는 약간 기분이 나쁜 정도였는데, 메뚜기 라는 것을 알고 나니 갑자기 열불이 났다. 메뚜기 주제에 사람 을 놀라게 해? 어떻게 하는지 두고 보라지. 서둘러 베개를 쥐 고 두세 번 바닥을 쳤다. 상대가 너무 작아 힘 좋게 내려친 것 치고는 별 효과가 없다. 어쩔 수 없이 다시 이불 위에 앉아 연 말 대청소 때 돗자리를 둘둘 말아 다다미를 두들기듯 메뚜기 가 나온 언저리를 마구 두들겼다. 메뚜기가 베개의 위력에 놀 라 튀어 올랐다. 어깨며 머리며 코끝이며 가리지 않고 달라붙 거나 부딪힌다.

얼굴에 붙은 놈은 베개로 두들길 수 없어 손으로 잡은 다 음 있는 힘껏 내동댕이친다. 분하게도 아무리 용을 써도 부딪히는 곳이 모기장인지라 사뿐히 튕겨 나올 뿐 효과가 하나도 없다. 메뚜기는 내던져진 채 모기장에 매달려 있다. 죽지도 않는다. 삼십 분쯤 지나서야 겨우 메뚜기를 퇴치했다. 빗자루를 가져다가 메뚜기 사체를 쓸어 냈다. 사환이 와서 무슨 일이냐고 묻는다.

“무슨 일이냐고 할 일이야? 메뚜기를 이불 속에서 키우는 놈이 세상 어디에 있느냐 말이야? 이 멍청아!”

“전 모르는 일이에요.”

“모른다고 해서 될 일이야?”

빗자루를 툇마루에 내던지자 사환은 눈치를 살피며 빗자루를 들고 가 버렸다.

나는 곧장 기숙사생 셋을 대표로 불러냈다. 그러자 여섯 명이 왔다. 여섯 놈이든 열 놈이든 상관할까 보냐. 잠옷 입은 채 소매를 걷어붙이고 담판을 짓기 시작했다.

“어째서 메뚜기를 내 이부자리에 넣었지?”

“메뚜기라니, 뭔 말씀입니껴?”

맨 앞에 있는 놈이 말했다. 아주 침착한 것이 밉상이다. 이 학교에는 교장뿐 아니라 학생들까지 배배 꼬인 말을 내뱉는 것 같다.

“메뚜기를 모른단 말이냐? 모르면 보여 주지.”

공교롭게도 다 쓸어 버려서 한 마리도 없다. 사환을 다시 불렀다.

“아까 그 메뚜기를 가져와.”

“벌써 쓰레기통에 버렸는데 주워 올까요?”

"그래, 빨리 주워 와."

사환은 번개같이 뛰어나갔다가 이윽고 반지(半紙)에 네 마리를 담아 왔다.

"참으로 유감스럽지만 하필이면 밤이라 이것밖에 찾지 못했습니다. 날이 밝으면 더 주워 오지요."

사환까지 멍청하다. 나는 메뚜기 한 마리를 학생에게 보여 주며 추궁했다.

"이게 메뚜기란 것이야. 그렇게 덩치가 큰 주제에 메뚜기도 몰라? 어째서?"

제일 왼쪽에 있던 호빵같이 생긴 놈이 건방지게 나를 몰아붙였다.

"그건 혹시 방아깨비가 아닙니껴? 에?"

"바보 등신, 메뚜기나 방아깨비나 그게 그거지. 그보다 어디 선생님한테 '아닙니껴? 에?'가 뭐냐? '마님입니껴'는 마님을 찾아다닐 때나 쓰란 말이다!"

내가 거꾸로 몰아붙였다.

"'아닙니껴'하고 '마님입니껴'는 다르지 않습니껴? 에?"

끝까지 지지 않고 '아닙니껴? 에?'를 쓰는 놈이다.

"메뚜기든 방아깨비든, 어째서 내 이부자리에 집어넣었느냐 말이다. 내가 언제 메뚜기 넣어 달라고 하든?"

"아무도 넣지 않았는데요."

"넣지 않았는데 어째서 이부자리 안에 있는 거냐?"

"메뚜기는 따뜻한 데를 좋아하니까 아마도 제 발로 들어가시지 않았을까요?"

"바보 같은 소리 마! 뭐? 메뚜기가 제 발로 들어가셨다고? 메뚜기가 스스로 들어가셨다는 게 말이 돼? 도대체 왜 이런 장난을 쳤는지 똑바로 말해!"

"말하라고 하신들, 저 혼자 알아서 들어간 것을 어찌 설명합니껴?"

비열한 자식들이다. 자기가 한 짓을 말할 수 없을 정도라면 아예 일을 저지르지 않아야 할 것 아니냐. 증거를 들이대지 못하면 시치미를 뗄 요량으로 유들유들하게 나온다. 나도 중학생 시절에는 소소한 장난을 치기도 했다. 그러나 누가 했느냐고 물었을 때 꼬리를 말고 내빼는 비겁한 짓은 단 한 번도 하지 않았다. 한 것은 한 것이고 하지 않은 것은 하지 않은 것이다. 나 같은 사람은 아무리 장난을 쳐도 결백하다. 거짓말로 벌을 면하려는 생각이라면 처음부터 장난 같은 것은 치지도 않는다.

장난과 벌은 딱 붙어 다닌다. 벌이 있으니까 장난도 마음 놓고 칠 수 있다. 장난만 치고 벌은 받지 않겠다는 저열한 근성이 대체 어떤 나라에서 판친단 말인가. 돈은 빌리되 갚지는 않겠다고 하는 경우는 다 이런 놈들이 졸업해서 저지르는 짓임에 틀림없다. 도대체 중학교에는 뭘 하러 들어온 것이더냐. 학교에 들어와 거짓말하고, 남을 속이고, 뒷구멍으로 몰래 건방진 장난이나 치고, 그러다가 잘난 얼굴로 졸업해서는 교육 받은 인간이라고 착각한다. 차마 입에 올리기도 부끄러운 졸개들이다.

이렇게 머리가 썩은 놈들과 담판을 벌이려니 속이 뒤집혔다.

“그런 식으로 말할 것 같으면 더 듣지 않아도 되겠다. 중학교씩이나 들어와 뭐가 옳은지도 모르다니! 딱하기도 하구나.”

이러고는 여섯 놈을 내쫓았다. 나는 말이나 행동이 그리 고상하지는 않지만, 마음은 이놈들보다 훨씬 반듯하다고 생각한다. 여섯 놈은 느릿느릿 밖으로 나갔다. 겉모습만 보면 교사인 나보다 월등하게 잘나 보인다. 실은 침착하게 대응하는 만큼 질이 더 나쁘다. 내게는 도저히 이런 배짱이 없다.

다시 이부자리에 들어가 누웠다. 아까 한바탕 소동을 벌인 탓에 모기장 안은 윙윙 소리로 요란하다. 손잡이가 달린 촛대에 불을 붙여 한 마리씩 태워 죽이자니 그것도 귀찮다. 모기장에 달린 줄을 떼 길게 접어 방 안을 가로세로 열십자로 마구 휘저었더니 줄에 달린 고리가 날아와 손등을 세게 때렸다. 세 번째로 이부자리에 들어갔을 때는 조금 안정을 되찾았지만 좀처럼 잠이 오지 않는다. 시계를 보니 10시 30분이다. 생각해 보면 참으로 성가신 곳에 왔다. 애초부터 중학교 선생은 어디를 가더라도 이런 놈들을 상대해야 하니 불쌍하기 짝이 없다. 선생이 씨가 다 마르지 않은 것이 신기할 지경이다. 어지간히 참을성 많은 벽창호가 되어야 할 것이다.

나는 도저히 깜냥이 안 된다. 그런 생각을 하다 보니 할멈을 우러러볼 만하다. 교육도 못 받고 신분도 낮지만 인간으로서 매우 고귀하다. 지금까지는 그토록 도움을 받으면서도 별로 고맙다는 생각을 하지 못했다. 그런데 이렇게 혼자 머나먼 타지에 와서야 비로소 그 친절한 마음씨를 깨닫는다. 에치고의 조릿대 엿을 먹고 싶다면 일부러 에치고까지 가서 사다 준다 해도 하나도 아깝지 않다. 할멈은 내가 욕심이 없고 곧은 성격이라고 칭찬하지만 칭찬받는 나보다 칭찬하는 본인이 더 훌륭한 인간이다. 어쩐지 할멈이 보고 싶어졌다.

할멈을 떠올리며 엎치락뒤치락 뒤척이고 있을 때였다. 숫자로 치면 삼사십 명이나 될까, 별안간 머리 위로 2층이 내려앉을 만큼 쿵, 쿵, 쿵, 박자를 맞춰 마룻바닥을 발로 구르는 소리가 났다. 동시에 발소리 못지않은 커다란 함성이 울려 퍼졌다. 난 무슨 일이 벌어졌나 싶어 놀라 벌떡 일어났다. 일어난 순간, 깨달았다. 아하, 아까 일을 앙갚음하려고 학생들이 난리 법석을 피우는구나.

너희가 저지른 잘못을 잘못했다고 뉘우치지 않는다면 죄는 사라지지 않는다. 너희가 저지른 잘못은 너희가 잘 알 것이다. 생각이 제대로 박힌 놈들이라면 자는 동안 뉘우치고 내일 아침에 잘못을 빌러 오는 것이 옳다. 비록 사죄까지는 아니더라도 송구한 마음으로 정숙하게 잠을 자야 할 것이다. 그런데 이 소동은 뭐란 말이냐? 기숙사를 지어 놓고 돼지를 치는 것도 아닐 테고, 미친놈 발광 흉내도 정도껏 해야지.

어디 두고 보자 하고 잠옷을 입은 채 숙직실을 뛰쳐나와 계단을 2층까지 세 걸음 반만에 뛰어 올라갔다. 그러자 신기하게도 지금까지 머리 위에서 분명 경중경중 뛰며 난동을 피우던 놈들이 갑자기 조용해졌다. 말소리는커녕 발소리도 나지 않았다. 이상하다. 램프는 이미 꺼져 있어 사방이 어두컴컴하다. 어디에 뭐가 있는지 똑똑히 알 수 없지만, 인기척이 있는지 없는지는 눈치로 알 수 있다. 동쪽에서 서쪽으로 길게 뻗은 복도에는 쥐새끼 한 마리도 숨어 있지 않다. 복도 끝으로 달빛이 새어 들어 저 멀리 보이는 곳이 훨씬 더 밝다. 아무래도 수상하다.

나는 어릴 때부터 꿈을 자주 꿨다. 꿈을 꾸다가 벌떡 일어나 알아듣지 못할 잠꼬대를 하는 바람에 남들에게 웃음을 산 일이 여러 번이다. 열예닐곱 때 다이아몬드를 주운 꿈을 꾼 날 밤에는 벌떡 일어나 곁에 누워 있던 형에게 방금 주운 다이아몬드를 어떻게 했느냐고 정색을 하고 따져 물은 적도 있다. 그때는 사흘 동안 집안의 웃음거리가 되어 기가 팍 죽었다. 어쩌면 지금 이 일도 꿈일지 모른다. 그러나 소동은 확실히 피우지 않았을까 하고 복도 한가운데 서서 곰곰이 생각에 잠겨 있었다.

그랬더니 달빛 어린 저쪽 끝에서 "하나, 둘, 셋, 와아." 하며 삼사십 명의 목소리가 울리고, 이어서 아까처럼 박자를 맞춰 일동이 마룻바닥을 발로 쿵쿵 굴렀다. 이것 봐라, 꿈이 아니라 어김없는 현실이다.

"조용히 못 해? 밤중이란 말이다!"

나는 학생들 못지않게 큰소리를 지르며 복도 저편으로 내달렸다. 내가 지나는 길은 어두웠다. 그저 복도 끄트머리에 보이는 달빛이 목표 지점이었다. 두 칸(약 3.6미터)쯤 뛰었나 싶었는데 복도 한가운데에서 딱딱하고 커다란 것에 정강이를 부딪혔다. 아픔으로 머리가 저릿저릿 울리는 순간, 몸은 이미 쿵 하고 앞으로 폭 고꾸라졌다. 이런 빌어먹을! 몸을 일으켰는데 내달려지지 않는다. 안달은 나는데 다리가 말을 듣지 않는다. 애가 타서 깽깽이로 뛰어갔더니 더는 발소리도 사람 소리도 들리지 않고 또 다시 괴괴하다.

아무리 인간이 비겁하다고 해도 이렇게 비겁할 수 있을까. 돼지나 다름없다. 이렇게 나온다면 숨어 있는 놈들을 끌어내 사과를 받아 낼 때까지 물러서지 않겠다. 이렇게 마음먹고 침실 하나를 열고 들어가 안을 검사해 보려 했지만 문이 열리지 않는다. 자물쇠를 채웠는지, 책상 따위를 쌓아 막아 놨는지, 힘껏 밀고 또 밀어도 좀처럼 열리지 않는다. 이번에는 맞은편에 있는 북쪽 방을 열어 봤다. 역시 마찬가지로 열리지 않는다. 내가 문을 열고 안에 있는 놈들을 붙잡아 내겠다고 용을 쓰는 동안, 또다시 동쪽 끝에서 함성과 발소리가 시작됐다. '이놈들이 서로 짜고 동쪽, 서쪽에서 나를 놀려 대고 있구나.' 이렇게 생각했지만 막상 어쩌면 좋을지는 알 수 없었다.

정직하게 털어놓건대 나는 남자다운 기백이 있는 편이기는 한데 지혜가 부족하다. 이럴 때는 어떻게 하면 좋을지 모르겠다. 모르겠지만 결코 질 수는 없다. 이대로 끝낸다면 체면이 말이 아니다. 에도 토박이는 기개가 없다는 말을 들을 수는 없다. 숙직하는 날 코흘리개 애송이들에게 놀림을 당하고도 어쩌지도 못한 채 기가 죽어 잠자리에 들었다는 말을 듣는다면, 불명예를 씻지 못한다. 이래 봬도 무사 가문 출신이다. 세이와 겐지[12]가 시조이며 다다노 만주[13]의 후예다. 이따위 흙

<hr>

12) 세이와 천황(清和天皇, 850~880)의 자손으로 '미나모토'라는 성을 받은 가문.
13) 헤이안 시대 무장인 미나모토노 미쓰나카(源満仲, 912?~997)의 다른 이름. 세이와 천황의 증손자.

이나 파먹는 농사꾼하고는 태생부터 다르다.

단지 지혜가 없는 점이 아쉬울 따름이다. 어떻게 해야 좋을지 모르는 것이 딱할 뿐이다. 딱하다고 질 수는 없는 노릇이다. 정직하기 때문에 어떻게 해야 좋을지 모르는 것이다. 그런데 이 세상에 정직한 자가 이기지 못한다면 도대체 누가 이긴단 말인가. 생각해 보라. 오늘 밤에 이기지 못하면 내일 이길 것이다. 내일 이기지 못하면 모레 이길 것이다. 모레 이기지 못하면 하숙집에서 도시락을 가져와서라도 이길 때까지 여기에 있겠다.

이렇게 결심했기 때문에 복도 한가운데 책상다리를 하고 앉아 동이 트기를 기다렸다. 모기가 윙윙거리며 물어 댔지만 아무렇지도 않았다. 아까 부딪힌 정강이를 어루만져 보니 왠지 끈적거린다. 피가 난 모양이지. 피쯤이야 날 테면 멋대로 나라지. 그러는 동안 쌓인 피로로 인해 꾸벅꾸벅 졸고 말았다. 어렴풋이 주위가 소란스러워 눈을 떴을 때는 '아앗, 염병할!' 하며 벌떡 일어섰다.

내가 앉아 있던 자리 오른쪽 문이 반쯤 열려 있고 학생 두 명이 내 앞에 서 있다. 나는 퍼뜩 정신을 차리고 내 코앞에 있는 학생의 다리를 잡아채 젖 먹던 힘을 다해 잡아당겼다. 놈이 벌러덩 자빠졌다. 꼴좋구나. 나머지 한 놈이 잠시 당황하는 사이 덤벼들어 어깨를 잡아채 두세 번 거세게 흔들었더니 얼이 빠져 눈을 껌뻑거린다.

"자, 내 방으로 가자."

억지로 잡아끌었더니 겁쟁이들인지 두말 않고 따라왔다.

벌써 날이 훤했다.

　숙직실로 끌고 온 놈들을 추궁하기 시작했다. 돼지는 엎어치든 메어치든 돼지다. 그저 모르쇠만 할 뿐, 끝까지 버티려고만 할 뿐, 결코 자백하려고 하지 않는다. 그러는 사이 한 사람이 오고, 두 사람이 오고, 사람들이 점점 2층에서 숙직실로 모여든다. 둘러보니 모두 졸린 듯 눈두덩이 부어 있다. 한심한 놈들이다.

　"하룻밤 못 잔 정도로 그런 면상을 해서야 사내라고 할 수 있나? 세수나 하고 따지러 와."

　세수하러 가는 놈은 아무도 없었다.

　쉰여 명을 상대로 한 시간 동안 말씨름하고 있는데, 홀연 너구리가 찾아왔다. 나중에 들으니까 사환이 학교에 소동이 일어났다고 일부러 알리러 갔다고 한다. 이깟 일로 교장을 부르다니 기개가 없어도 이렇게 없을 수가! 그러니까 중학교 사환 노릇이나 하고 있는 게지.

　교장은 일단 내 설명을 들었다. 학생들의 변명도 좀 들었다.

　"추후에 처분을 내릴 때까지는 평소같이 학교에 나오도록! 얼른 세수하고 아침밥을 먹지 않으면 수업에 늦을 테니 빨리 빨리 서두르고……."

　교장은 기숙사생들을 전부 방면했다. 미온적인 처사다. 나라면 즉석에서 학생들을 모조리 퇴학시켜 버렸을 텐데. 뜨뜻미지근하게 구니까 학생들이 숙직 교사를 바보 취급하는 것이다. 더구나 내게는 이렇게 말한다.

　"자네도 밤새 심란하게 지냈으니 피곤하겠지? 오늘은 수업을 하지 않아도 좋네."

"아닙니다. 그런 염려는 하지 마십시오. 이런 일이 매일 밤 일어난다 해도 목숨이 붙어 있는 한 걱정하지 않습니다. 수업은 하겠습니다. 하룻밤 정도 못 잤다고 수업을 안 할 바에야 학교에서 받은 월급을 도로 반납하지요."

교장은 무슨 생각을 했는지 잠시 내 얼굴을 쳐다봤다.

"얼굴이 꽤 부었군그래."

이렇게 주의를 준다. 그러고 보니 어쩐지 좀 묵직한 느낌이다. 더구나 온통 가렵다. 모기한테 상당히 뜯겼음에 틀림없다. 나는 얼굴을 긁적거리며 말했다.

"얼굴이 아무리 부었어도 입은 착실하게 움직일 수 있으니까 수업에는 지장이 없습니다."

"꽤나 기운이 뻗치는군."

교장이 웃으며 칭찬했다. 사실은 칭찬일 리 없다. 비웃음일 테지.

5

낚시하러 같이 가지 않겠느냐고 빨강셔츠가 내게 물었다. 빨강셔츠는 음습하게 얇고 부드러운 목소리를 내는 남자다. 남자인지 여자인지 알 수가 없다. 남자라면 남자다운 목소리를 내란 말이다. 더구나 대학까지 졸업하지 않았는가. 물리학교를 나온 나도 이런 목소리를 내는데, 문학사가 이 지경이면 꼴사납다.

"음, 글쎄요……."

마지못해 대답했다.

"낚시를 해 본 적은 있고?"

실례되는 질문이다.

"별로 없지만 어릴 때 고메에 있는 낚시터에서 붕어를 세 마리 잡은 적 있습니다. 그리고 가구라자카의 비샤몬 사당에서 잿날에 여덟 치(약 24센티미터)쯤 되는 잉어를 낚아채기도 했고요. 그런데 낚아챈 순간 털퍼덕 빠뜨리고 말았지 뭡니까. 지금 생각해도 아깝습니다."

빨강셔츠는 턱을 앞으로 내밀고 호호호호 웃었다. 그렇게 젠체하며 웃지 않아도 될 텐데…….

"그럼 아직 낚시의 참맛은 모르겠군. 원한다면 한 수 가르쳐 드리지."

아주 거드름을 피운다. 누가 한 수 가르쳐 달라고 했나? 낚시나 사냥을 하는 인간은 모두 몰인정한 놈뿐이다. 몰인정하지 않고서야 살생하면서 그렇게 즐거워할 수 있을까. 물고기든 새든 목숨을 빼앗기기보다 당연히 살기를 바란다. 낚시나 사냥을 않고 살아갈 방도가 없다면 또 모르겠지만, 아무런 부족함 없이 살아가면서 생명을 죽이지 않으면 잠이 오지 않는다는 것은 사치스러운 이야기다. 이렇게 생각했지만 상대는 문학사인 만큼 말재주가 비상할 것이다. 입씨름으로는 이길 수 없다고 생각하고 입을 꾹 다물었다. 그러자 나를 항복시켰다고 착각한 모양으로 끈질기게 권한다.

"당장 가르쳐 주겠네. 시간 괜찮으면 오늘은 어떤가? 같이 가세. 요시카와 군과 둘만 가면 적적하니까 같이 가세나."

요시카와 군은 알랑쇠라고 별명 붙인 미술 교사다. 알랑쇠는 무슨 꿍꿍이인지 빨강셔츠 집에 아침저녁으로 들락거리면서 어디든 졸졸 따라다닌다. 마치 동료가 아니라 주인과 하인 사이 같다. 빨강셔츠가 가는 곳은 알랑쇠가 반드시 따라가기 때문에 둘이 낚시를 다닌다고 한들 이제 와서 놀랍지도 않지만, 둘이서 가면 될 것을 내키지도 않는 내게 왜 가자고 조르는지 모를 일이다. 아마도 오만한 낚시 도락가답게 물고기 낚는 모습을 내게 자랑스럽게 보여 줄 작정으로 자꾸 권하는 것일 테지. 그렇게 과시하는 꼴을 보고만 있을 내가 아니다. 참치 두세 마리 정도로 꿈쩍이라도 할 것 같은가.

나도 인간이다. 아무리 재주가 없어도 낚싯줄을 드리우고 있노라면 뭔가 걸려도 걸리겠지. 만약 가지 않는다면 빨강셔츠는 내가 싫어서가 아니라 서툴러서 가지 않는다고 멋대로 그릇된 추측을 남발할 것이다. 이런 생각에 미치자 그만 "그럼 가지요." 하고 대답해 버렸다. 나는 학교를 마치고 일단 하숙집으로 돌아가 준비물을 챙기고 정거장에서 빨강셔츠와 알랑쇠를 만나 바닷가로 나갔다.

뱃사공은 한 사람이었고, 배는 좁고 길었다. 도쿄 주변에서는 본 적도 없는 모양새다. 아까부터 배 안을 둘러봤는데 낚싯대가 하나도 안 보인다.

"낚싯대 없이 낚시를 할 수 있단 말인가요? 어떻게 할 작정입니까?"

알랑쇠에게 물었다.

"바다낚시는 낚싯대 말고 낚싯줄만 쓴다네."

턱을 쓸어내리며 달인이라도 되는 양 대답했다. 이렇게 끽소리도 못할 줄 알았으면 물어보지 말 것을 그랬다.

뱃사공은 느긋하게 천천히 배를 저었다. 숙련이란 참 대단한 것이라, 뒤를 돌아보니 벌써 해변이 조그맣게 보일 만큼 멀리 왔다. 고하쿠지(高柏寺)의 오층탑이 숲 위로 바늘처럼 뾰족하게 튀어나와 있다. 맞은편을 바라보니 아오시마가 떠 있다. 사람이 살지 않는 무인도라고 한다. 자세히 보니 돌과 소나무뿐이다. 과연 돌과 소나무밖에 없다면 사람이 살 수 없겠지. 빨강셔츠는 조망하기에 참 좋은 경치라고 몇 번이나 말한다. 알랑쇠는 절경이라고 추어올린다. 절경인지 어떤지는 잘 모르겠으나 기분이 상쾌해지는 것은 분명하다. 넓게 펼쳐진 바다 위에서 바닷바람을 쐬는 것은 약이 된다고 생각했다. 배가 고파 왔다.

"저 소나무를 보게. 몸통이 곧고 위쪽이 우산처럼 펼쳐진 모습이 꼭 터너[14]의 그림 같군."

빨강셔츠가 알랑쇠에게 말했다.

"정말 터너의 그림이네요. 굼실대는 저 선의 느낌하며, 영락없는 터너입니다."

알랑쇠가 아는 척한다. 터너가 누구인지 알지 못했지만, 묻지 않는다고 곤란할 것도 없기에 잠자코 있었다. 배는 오른쪽으로 섬을 바라보면서 빙그르르 방향을 돌렸다. 파도는 전혀 일지 않았다. 바다라고 여겨지지 않을 만큼 잔잔하다. 빨강셔츠 덕분에 심히 유쾌하다. 가능하다면 섬 위에 올라가 보고 싶었다.

"저 바위가 있는 곳에 배를 댈 수는 없을까요?"

"대지 못할 것도 없지만 낚시할 때 기슭에 바짝 붙으면 안

---

14) 윌리엄 터너(Joseph M. W. Turner, 1775~1851). 영국의 풍경 화가. 소세키가 런던 유학 중에 방문한 테이트 갤러리에 작품이 다수 소장되어 있다.

된다네."

빨강셔츠가 반대 의견을 말했다. 나는 입을 다물었다.

"이러면 어떨까요, 교감 선생님? 앞으로 이 섬을 터너 섬이라고 부르는 겁니다."

알랑쇠가 쓸데없는 의견을 내놓았다.

"고것 참 재미있군. 그럼 우리는 앞으로 그렇게 부르기로 하세."

빨강셔츠가 알랑쇠의 의견에 찬성했다. 하지만 우리 가운데 나까지 끼워 넣는 것은 사양하고 싶다. 나는 아오시마로 충분하다.

"저 바위 위에 라파엘[15]의 마돈나를 세워 놓으면 좋은 그림이 될 테지요?"

"마돈나 이야기는 그만두게, 호호호호."

알랑쇠의 말에 빨강셔츠가 징그럽게 웃었다.

"뭘 그러십니까. 아무도 없으니까 괜찮아요."

알랑쇠는 내 쪽을 힐끔 보더니 일부러 고개를 돌리고 히죽히죽 웃었다. 나는 어쩐지 기분이 나빠졌다. 마돈나인지 뭔지 나와 관계없는 일이니 멋대로 치켜세우든 말든 내 알 바 아니다. 하지만 남이 모르는 일을 이야기해 놓고, 모르니까 들어도 상관없다는 태도가 틀려먹었다. 저열한 인품이다. 그런 주제에 자기도 에도 토박이입네 하고 있다. 마돈나는 분명 빨강셔츠

---

15) 라파엘 산치오(Raffaello Santi, 1483~1520). 이탈리아의 화가. 르네상스 시대에 마돈나(성모 마리아)를 많이 그렸다.

가 잘 아는 게이샤의 별명일 것이다. 잘 아는 게이샤를 무인
도 소나무 밑에 세워 놓고 바라보면 꼴좋겠다. 그것을 알랑쇠
가 유화라도 그려 전람회에 내면 딱이겠군.

이 근처가 좋을 것 같다며 뱃사공이 배를 멈추고 닻을 내
렸다. 빨강셔츠가 몇 길이나 되느냐고 묻자 여섯 길(약 10.8미
터)이라고 한다.

"여섯 길 정도라면 도미는 잡기 어렵겠군."

빨강셔츠가 낚싯줄을 바다에 드리웠다. 대장 도미라도 낚을
기세로 보인다. 대담하군그래.

"교감 선생님 실력이라면 잡을 수 있을 겁니다. 게다가 바다
도 잔잔하고요."

알랑쇠는 아첨을 떨며 자기도 낚싯줄을 풀어 물속에 던진
다. 웬일인지 앞쪽에 추처럼 생긴 낚싯봉이 매달려 있을 뿐 낚
시찌가 없다. 찌 없이 낚시하는 것은 온도계 없이 온도를 재는
것과 같다. 나는 도저히 안 될 것 같아 보고만 있었다.

"자, 자네도 해 보게. 낚싯줄은 있나?"

"낚싯줄은 남아돌 만큼 있는데 낚시찌가 없군요."

"낚시찌가 없다고 낚시를 못 한다면 풋내기네. 이렇게 해서
줄을 밑바닥까지 드리우고 뱃전에서 집게손가락으로 적당한
때를 가늠하는 거야. 떡밥을 물면 입질이 느껴지니까 말이야."

"옳다구나, 물었다!"

빨강셔츠가 줄을 급하게 잡아채기에 뭔가 걸렸나 했더니
아무것도 걸리지 않았다. 그저 미끼만 없어졌을 뿐이다. 고것
참 고소하다.

"교감 선생님, 아쉽네요. 분명히 큰 놈이었을 텐데 말이지요. 교감 선생님 실력으로도 놓쳐 버렸으니 오늘은 아무래도 방심하면 안 되겠어요. 그런데 놓쳐 버리긴 했지만 말입니다. 낚시찌만 노려보고 있는 놈들보다 낫습지요. 마치 브레이크가 없으면 자전거를 탈 수 없다는 축과 마찬가지니까요."

알랑쇠는 묘한 말만 떠들어 댄다. 뒤통수를 한 대 갈겨 주고 싶다. 나도 인간이다. 교감 혼자서 통째로 빌린 바다가 아니다. 드넓은 곳이란 말이다. 다랑어 한 마리쯤 의리상 걸려들지 않을까 기대하며 낚싯봉과 낚싯줄을 텀벙 집어던지고 적당히 손가락 끝으로 흔들었다.

얼마 안 돼 낚싯줄에 깔짝깔짝 걸리적거리는 것이 있다. 나는 생각했다. 이놈은 틀림없이 물고기다. 살아 있는 놈이 아니라면 이렇게 툭툭 거치적거릴 리가 없다. 옳다구나, 드디어 낚였다! 낚싯줄을 버쩍 감아올렸다.

"우와, 낚았는가? 역시 젊은 사람이 다르군."

알랑쇠가 놀리는 동안 벌써 손으로 감아올린 낚시줄은 단 5척(약 150센티미터)밖에 물에 잠겨 있지 않았다. 뱃전에서 들여다보니까 금붕어처럼 줄무늬가 있는 물고기가 낚싯줄에 매달려 좌우로 헤엄치며 손놀림에 이끌려 올라온다. 요것 참 재미있구나. 물에서 건져 올릴 때 펄떡 튀어 오르는 바람에 얼굴이 바닷물에 젖어 버렸다. 겨우 붙잡고 있다가 낚싯바늘을 꺼내려고 했더니 잘 빠지지 않는다. 물고기를 잡은 손이 미끄덩거린다. 감촉이 좋지 않다. 귀찮아서 실을 휘둘러 몸통을 바닥에 내던졌더니 금세 죽어 버렸다.

빨강셔츠와 알랑쇠는 놀라서 쳐다보고 있다. 나는 바닷물에 손을 담가 쓱쓱 씻어 내고 코끝에 대고 냄새를 맡아 봤다. 여전히 비린내가 난다. 진저리가 난다. 뭐가 낚이든 물고기는 만지고 싶지 않다. 물고기도 내가 만지면 싫어할 것이다. 부랴부랴 낚싯줄을 감아 버렸다.

"맨 먼저 낚아 올리기는 했지만, 고작 곰치 같은 물고기를 갖고서는……."

알랑쇠가 또 건방진 말을 꺼냈다.

"곰치라고 하니 러시아 문학자 고리키[16]와 이름이 비슷하군."

빨강셔츠가 똑똑한 체했다.

"그렇네요. 딱 러시아 문학자네요."

알랑쇠는 금세 알랑거린다. 곰치가 러시아 문학자라면 통나무[17]는 시바의 사진사일 테고, 쌀이 열리는 나무[18]는 생명의 은인이란 말이냐. 빨강셔츠에게는 고약한 버릇이 있다. 누구에게든 외국인 이름을 늘어놓으려 든다. 각자 전문 분야가 있는 법이다. 나 같은 수학 교사가 고르키인지 뭔지 어떻게 알겠는가. 생각 좀 해 주면 좋겠다. 말을 하려면 『프랭클린의 자전』[19]

---

16) 막심 고리키(Maksim Gor'kii, 1868~1936).

17) 마루키. 여기서는 도쿄 시바에 사진관을 연 마루키 리요(丸木利陽, 1854~1923)를 가리킨다.

18) 고메노나루키(米のなる木). 오카야마의 민요. 일본어로 보면 '고루키', '마루키', '고메노나루키' 모두 '키'로 끝난다. 각운을 맞춰 빨강셔츠의 허세를 비아냥대고 있다.

19) 벤저민 프랭클린(Benjamin Franklin, 1706~1790)의 저서 *Franklin's*

이라든가, 『푸싱 투 더 프런트』[20]같이 나도 알 만한 이름을 말해 주면 좋겠다. 빨강셔츠는 때때로 《제국 문학》[21]이라는 새빨간 잡지를 학교에 가지고 와서 소중한 듯 읽는다. 산미치광이에게 물어보니 빨강셔츠가 구사하는 외국인 이름은 모조리 그 잡지에 나온다고 한다. 《제국 문학》이여, 그대의 죄가 중하도다!

빨강셔츠와 알랑쇠는 죽자 살자 낚싯줄을 던졌지만, 약 한 시간 동안 둘이서 열대여섯 마리를 잡았을 뿐이다. 이상하게도 낚이는 것은 죄다 곰치뿐이다.

"도미는 약에 쓰려고 해도 도통 찾아볼 수 없군. 오늘은 러시아 문학의 날인가." 빨강셔츠가 알랑쇠에게 이야기한다.

"선생님 솜씨로도 곰치밖에 잡히지 않으니 저 같은 것이 곰치만 잡는다고 한들 어쩔 수 없는 일이지요. 당연합니다."

알랑쇠가 호응을 보낸다. 뱃사공에게 물어보니 가늘고 납작한 이 물고기는 살이 흐물흐물하고 맛이 없어 도저히 먹을 수 없고, 그저 비료로나 쓸 수 있다고 한다. 빨강셔츠와 알랑쇠는 열심히 비료를 낚은 셈이다. 가엾어서 어쩔까나. 나는 한 마리 낚고 그만 싫증이 나 뱃바닥에 벌러덩 드러누워 아까부터 하늘을 쳐다보고 있었다. 낚시질보다 이쪽이 훨씬 고상하다.

Autobiography. 당시 중학교 교과서에 자주 실렸다.
20) 오리슨 스웨트 마든(Orison Swett Marden, 1850~1924)의 저서 *Pushing to the Front*. 역시 교과서에 자주 실렸다.
21) 1895년 1월에 창간한 도쿄 제국대학 문과 대학의 기관지. 표지에 붉은색을 자주 사용했다. 소세키의 글도 실렸다.

그러자 두 사람은 무슨 이야기인지 속닥거리기 시작했다. 내게는 잘 들리지 않기도 하고 듣고 싶은 마음도 없다. 나는 하늘을 올려다보며 할멈을 떠올렸다. 돈이 있으면 할멈을 데리고 이렇게 아름다운 곳으로 놀러 오고 싶다. 그러면 얼마나 즐거울까. 아무리 경치가 좋아도 알랑쇠 따위와 함께라면 따분하기 짝이 없다. 할멈은 주름이 자글자글한 늙은이지만 어디를 데리고 가더라도 창피하다는 생각은 들지 않는다. 알랑쇠 같은 놈은 마차를 타든, 배를 타든, 료운카쿠[22]에 올라가든, 도저히 가까이 하고 싶지 않다.

내가 교감이고 빨강셔츠가 나라면 내게도 꿉실꿉실 아첨을 떨며 빨강셔츠를 놀려 댈 것임에 틀림없다. 에도 토박이는 경박하다고들 하는데, 과연 이런 작자가 시골을 돌아다니며 '에도 토박이올시다.' 하고 떠들고 다니면 '경박함 하면 에도 토박이, 에도 토박이 하면 경박함'이라는 공식이 시골뜨기들 머릿속에 박히고도 남을 것이다. 이런 생각을 하고 있는데 무슨 일인지 두 사람이 쿡쿡 웃기 시작했다. 웃는 사이에 뭐라고 하는데 툭툭 끊겨 무슨 말인지 도통 알아 들을 수 없다.

"음? 어쩌다가……."

"…… 그렇다니까요. ……모르니까 ……죄가 되지요."

"설마……."

"메뚜기를…… 정말이에요."

---

22) 아사쿠사 공원에 있었던 탑. 십이층탑이라고 불렸다. 1890년에 건축해 1923년에 간토 대지진으로 무너졌다.

다른 말에는 귀를 기울이지 않았지만, 알랑쇠의 입에서 메뚜기라는 말이 나왔을 때에는 무심코 열이 확 치올랐다. 알랑쇠는 무슨 꿍꿍이인지 메뚜기라는 말만 힘을 주어 명료하게 내 귀에 들리도록 했고, 그 다음은 일부러 흐지부지 얼버무렸다. 나는 꼼짝 않고 듣고 있었다.

"또 그 홋타가……."

"그럴지도 모르죠……."

"튀김…… 하하하하하."

"……선동해서……."

"경단도?"

말소리는 이렇게 툭툭 끊겼지만 메뚜기니 튀김이니 경단이니 하는 말로 추측해 보건대, 필시 나에 관해 속닥거리고 있음에 틀림없다. 이야기하려면 더 큰 소리로 하든지, 속닥거리려면 나를 데리고 오지 말았어야지. 꼴사납고 밉살스러운 놈들이다. 메뚜기든 꼴뚜기든 내 잘못이 아니다. 교장이 일단 자기에게 맡겨 놓으라고 하니까 너구리 체면을 생각해서 지금은 참고 있을 뿐이다. 알랑쇠 주제에 쓸데없이 비평을 하고 앉아 있다. 붓이나 입에 처넣고 빨면서 구석에 박혀 있는 편이 나을 텐데.

내 일이야 조만간 나 혼자 해결할 참이니까 별지장은 없지만, '저 그 홋타가'라든지 '선동해서'라는 말이 걸린다. 홋타가 나를 선동해 소동을 크게 벌였다는 의미인지, 아니면 홋타가 학생들을 선동해 나를 괴롭혔다는 것인지 갈피를 잡을 수 없다. 푸른 하늘을 올려다보니 햇빛이 점점 약해지며 조금은 선선한 바람이 불기 시작했다. 향 연기 같은 구름이 투명한 저

위를 고요히 퍼지듯 떠다니는구나 싶더니 어느새 바다 깊숙
이 흘러들어 엷게 안개를 피우는 것 같았다.

“그만 돌아갈까?”

빨강셔츠가 생각난 듯 말한다.

“네, 딱 적당하네요. 오늘 밤 마돈나 님을 만나십니까?”

알랑쇠가 말한다.

“바보 같은 소리 말게, 자칫하면…….”

빨강셔츠가 뱃전에 기대고 있던 몸을 일으켜 고쳐 앉는다.

“에헤헤헤, 괜찮습니다. 듣는다고 무슨…….”

알랑쇠가 돌아봤을 때 나는 눈을 접시만 하게 부릅뜨고 알
랑쇠의 대가리를 정면으로 쏘아봤다. 알랑쇠는 눈이 부시다
는 듯 펄쩍 돌아앉았다.

“허, 이거 참, 두 손 두 발 다 들겠네.”

목을 움츠리고 머리를 긁적였다. 잔꾀만 잔뜩 굴리는 놈 같
으니.

배는 잔잔한 바다를 미끄러지며 바닷가를 향해 노를 젓
는다.

“자네는 낚시를 별로 좋아하지 않는 것 같군.”

빨강셔츠가 떠보듯 묻는다.

“네, 드러누워서 하늘을 보는 편이 좋습니다.”

이렇게 대답하고 피우다 만 궐련을 바다에 던졌다. 쉭 소리
를 내며 담배는 노가 긁으며 부서뜨린 파도 위로 출렁거리며
떠내려갔다.

“자네가 오고 나서 학생들도 기뻐하고 있으니 더욱 힘써 주

게."

이번에는 낚시와 전혀 상관없는 이야기를 꺼낸다.

"별로 기뻐하지도 않던데요."

"아니, 듣기 좋으라고 하는 말이 아니네. 정말 기뻐하고 있다네. 그렇지? 요시카와 군."

"기뻐하고말고요. 아주 난리 법석인데요."

알랑쇠가 싱글거렸다. 이놈이 하는 말은 신기하게도 하나하나 모조리 거슬린다.

"그래도 자네, 조심하지 않으면 위험하네."

빨강셔츠의 말에 이렇게 대꾸했다.

"어차피 위험한걸요. 이렇게 된 바에야 위험은 각오하고 있습니다."

실제로 나는 면직을 당하든지 기숙사 학생들에게 사죄를 받아내든지, 어느 쪽으로든 결판을 낼 심산이었다.

"그렇게 말한다면 더 할 말도 없네만……. 교감으로서 자네를 생각해서 하는 말이니 기분 나쁘게 받아들이지 말게."

"교감 선생님은 자네에게 무척 호감을 갖고 있어. 나도 별힘은 없지만 에도 토박이니까 가능하면 자네가 오래 학교에 남아 주기를 바란다네. 서로 힘이 됐으면 해서, 이래 봬도 뒤에서 있는 힘을 다하고 있어."

알랑쇠가 사람 같은 소리를 지껄인다. 알랑쇠에게 신세를 질 바에야 목을 매고 콱 죽어 버리고 말지.

"그래서 말인데, 학생들은 자네가 온 것을 두 손 들어 환영하고 있지만, 거기에는 여러 가지 사정이 있다네. 자네도 화가 나는 일이 있겠지만, 조금만 참자는 마음으로 견뎌 주게. 결코 자네에게 해로운 일은 하지 않을 테니까……."

"여러 가지 사정이라니, 무슨 사정인데요?"

"그게 좀 복잡한데, 뭐 차차 알게 될 걸세. 내가 말하지 않아도 자연스레 알지 않겠나? 그렇지, 요시카와 군?"

"에에, 사정이 좀 복잡하니까요. 도저히 하룻밤 만에 알 수는 없지요. 차츰차츰 알게 되겠지요. 말해 주지 않아도 자연스럽게 알게 될 겁니다."

알랑쇠가 빨강셔츠와 똑같은 말을 한다.

"그런 번거로운 사정이라면 듣지 않아도 좋습니다만, 선생님들이 먼저 이야기를 꺼냈으니까 여쭤 본 것입니다."

"그야 물론 그렇지. 이쪽에서 말을 꺼내 놓고 뒤끝을 흐리는 것은 무책임한 일이야. 그러면 이것만 말해 두지. 실례되는 말이지만, 자네는 학교를 갓 졸업하고 교사 경험은 처음이잖은가. 그런데 학교는 미묘하게 정실(情實)이 얽혀 있는 곳이네. 학생 때처럼 담백하게 굴러가지는 않거든."

"담백하게 굴러가지 않는다면 어떻게 굴러갑니까?"

"흠, 자네는 이렇게 솔직하니까 아직 경험이 부족하다고 하는 것이네만……."

"어차피 경험은 부족할밖에요. 이력서에도 썼지만 이십삼 년 사 개월밖에 안 살았으니까요."

"그렇지, 그러니까 생각지도 않은 데서 걸려 넘어지는 일도 있는 게지."

"정직하게 처신한다면 누가 걸고 넘어지든 두려울 것 없습니다."

"물론 두렵지는 않겠지. 두렵지는 않지만 이용당한단 말이지. 실제로 자네 전임자가 그렇게 당했으니까 조심하지 않으면 안 된다고 말하는 걸세."

알랑쇠가 조용해졌다는 것을 깨닫고 뒤를 돌아다보니 어느새 고물 쪽에서 뱃사공과 낚시 이야기를 하고 있다. 알랑쇠가 없으니까 이야기하기가 훨씬 수월해졌다.

"제 전임자가 누구에게 걸려들었는데요?"

"누구라고 밝히면 그 사람의 명예에 흠이 갈지 모르니 말할 수 없네. 또 확연한 증거가 없으니까 입을 잘못 놀리면 실수가 되지 않나. 여하튼 때마침 자네가 멀리까지 와 줬는데 여기서 자칫 잘못하면 자네를 불러온 보람이 없단 말일세. 아무쪼록 조심해 주게나."

"조심하라고 하시지만 지금보다 더 조심할 수는 없지요. 나쁜 짓을 하지 않으면 되는 것 아닌가요?"

빨강셔츠가 호호호호 웃었다. 딱히 웃을 만한 소리를 한 기억이 없는데 말이다. 오늘 이 순간에 이르기까지 잘 해내고 있다고 굳게 믿고 있다. 생각해 보면 대다수 세상 사람들은 나쁜 짓을 하라고 부추기는 듯하다. 나쁜 짓을 하지 않으면 사회적으로 성공하지 못한다고 믿고 있는 듯하다. 가끔 정직하고 순수한 사람을 보면 도련님이라는 둥 애송이라는 둥 트집을 잡아 업신여긴다. 그럴 것 같으면 소학교와 중학교에서 윤리 선생이 거짓말하지 말고 정직하게 살라고 가르치지 않아야 한다. 아니, 차라리 한 발 더 나아가 학교에서 거짓말하는 법이라든가 남을 믿지 않는 기술이라든가 남을 이용하는 술책을 가르치는 쪽이 세상을 위해서나 본인을 위해서나 좋을 것이다. 빨강셔츠가 호호호호 웃은 까닭은 내 단순함을 비웃은 것이다. 단순함이나 진솔함이 비웃음을 사다니, 세상도 망조가 들었다. 할멈은 이럴 때 절대로 웃는 법이 없다. 크게 감복하며 귀를 기울인다. 할멈이 빨강셔츠보다 훨씬 훌륭하다.

"물론 나쁜 짓을 하지 않으면 되네만, 자기 혼자 나쁜 짓을 하지 않는다 해도 남이 저지른 나쁜 짓을 알아채지 못한다면 그 역시 봉변을 치를 것이네. 세상에는 시원시원하고 담백한 사람인 것처럼 보이고, 또 하숙집을 친절하게 소개해 준다고 해도 결코 방심해서는 안 되는 사람이 있단 말이야……. 음, 꽤 선선해졌군. 벌써 가을이야. 수묵이 번지듯 아지랑이로 해변이 물들었어. 참 경치가 곱군. 이봐, 요시카와 군, 어떤가? 저 해변의 풍경은……."

빨강셔츠가 큰 소리로 알랑쇠를 불렀다.

"과연 절묘한 경치로군요. 시간이 있으면 스케치라도 해 두고 싶은데 아쉽습니다. 이대로 그냥 두고 가야 하다니……."

알랑쇠는 허풍스레 떠벌린다.

미나토야 2층에 등불 하나가 켜지고 기차 기적이 삐익삐익 울릴 때 내가 타고 있던 배는 바닷가 모래밭에 뱃머리를 처박고 더는 움직이지 않았다.

"이제 돌아오세요?"

바닷가에서 안주인이 빨강셔츠에게 인사한다. 나는 뱃전에서 이얏 소리를 지르며 해변으로 뛰어내렸다.

6

알랑쇠는 정나미가 뚝 떨어지는 놈이다. 이런 놈은 일본을 위해서라도 누름돌에 매달아 바닷속에 가라앉혀야 한다. 빨강셔츠는 목소리가 거슬린다. 타고난 목소리를 일부러 변조해 착한 사람처럼 보이려고 한다. 아무리 착한 척해도 그 낯짝으로는 무리다. 반하는 사람이 있다면 기껏해야 마돈나 정도일 테지. 그러나 교감 자리에 있다 보니 알랑쇠보다는 어려운 이야기를 한다. 집에 돌아가 그놈 말을 생각해 보니 일단은 맞는 소리인 것 같기도 하다.

확실하게 말하지 않아 섣불리 짐작하기는 어렵지만, 아무래도 산미치광이가 좋지 않은 놈이니 조심하라는 뜻인 듯하다. 그렇다면 그렇다고 대놓고 잘라 말할 것이지. 남자답지 못하게시리……. 또한 그렇게 나쁜 교사라면 얼른 면직시키면 될 일이다. 교감도 문학사 주제에 기개도 없구나. 뒷구멍으로 험담할 때조차 공공연히 이름도 밝히지 못하는 사내이고 보면 보나마나 겁쟁이일 것이다. 겁이 많으면 친절한 법이니까 저 빨강셔츠도 계집처럼 친절할 것이다. 친절은 친절, 목소리는 목소리니까 목소리가 마음에 들지 않는다고 친절까지 무시한다면 도리에 어긋난다. 그렇다고 해도 세상은 참 이상스레 돌아간다. 밉살스러운 놈이 친절하고, 마음이 잘 맞는 친구가 악한이라니…… 사람을 놀려 먹어도 분수가 있지.

아마도 시골은 모든 것이 도쿄와 거꾸로 돌아가는가 보다. 심란한 곳이다. 조만간 불이 얼어붙고 돌멩이가 두부가 될지도 모른다. 아무리 그래도 산미치광이가 학생을 선동하다니 알다가도 모를 일이다. 그런 장난은 치지 않을 것 같은데 말이다. 제일 인망 높은 교사라고 하니까 마음만 먹으면 웬만한 일은 해치울 수 있을지도 모르지만…… 무엇보다도 번거롭게 뒤에서 호박씨를 깔 것이 아니라 직접 나를 붙잡고 싸움을 걸면 수고가 덜할 테다. 내가 훼방꾼이라면 이렇고 저렇고 해서 방해가 되니 학교에서 나가 달라고 하면 그만 아닌가. 만사는 서로 이야기하기에 달렸다. 상대가 하는 말이 그럴듯하면 내일이라도 당장 사표를 써 주겠다. 여기에서만 쌀이 나는 것도 아닐 테고, 천하 어디를 누빈들 길거리에 쓰러져 굶어 죽기야 하겠는가. 산미치광이도 여간 머리가 돌아가지 않는 놈일세.

여기로 왔을 때 제일 먼저 빙수를 사 준 사람이 산미치광이다. 그렇게 겉과 속이 다른 놈에게 빙수를 얻어먹고 말았으니 체면이 말이 아니다. 나는 한 그릇밖에 먹지 않았으니까 그가 낸 돈은 1전 5리에 불과하다. 그러나 1전이든 5리이든 사기꾼에게 은혜를 입은 것이라면 죽을 때까지 마음이 편치 않다. 내일 학교에 가면 1전 5리를 돌려주자.

나는 할멈에게 3엔을 빌렸다. 그 3엔을 오 년이 지난 지금까지도 갚지 않았다. 갚을 수 없는 것이 아니라 갚지 않는 것이다. 할멈은 곧 돌려주겠지 하면서 내 주머니 사정을 엿보는 짓을 한순간도 하지 않는다. 나도 곧 갚아야지 하면서 남처럼 굴며 예의를 차리지 않을 생각이다. 내가 돈을 갚자고 걱정하면 할수록 할멈의 마음을 의심하는 셈이 된다. 그것은 곧 할멈의 아름다운 마음씨에 흠집을 내는 것이나 마찬가지다. 돈을 갚지 않는 것은 할멈을 무시해서가 아니라 내 일부처럼 여기기 때문이다.

할멈과 산미치광이는 애초부터 비교 대상도 되지 못하지만, 빙수든 산수국 차든 남의 은혜를 입고 잠자코 있는 것은 상대방을 버젓한 인간으로 여긴다는 말이자 그 인간에게 인정을 베푸는 일이다. 자기 몫을 지불하면 그만인 것을 마음속으로 은혜로 여긴다는 것은 금전으로 갚을 수 있는 사안이 아니다. 비록 지위나 벼슬이 없다 해도 제구실하는 독립적인 인간인 것을. 독립적인 인간이 머리를 숙이는 것은 백만금보다 고귀한 예의라고 생각해야 한다.

나는 이래 봬도 산미치광이에게 1전 5리를 내게 했지만 백만금보다 고귀한 답례를 했다고 생각했다. 산미치광이는 당연히 고맙게 여겨 마땅하다. 그런데도 겉과 속이 다르게 비열하게 행동한다니 괘씸한 녀석이다. 내일 만나 1전 5리를 돌려주기만 하면 피차 주고받을 것도 없다. 그렇게 해 놓고 나서 싸워 주자.

여기까지 생각하다가 졸음이 몰려와 쿨쿨 자 버렸다. 이튿날은 마음먹은 일이 있는 까닭에 평소보다 일찍 출근해 산미치광이를 기다렸다. 그런데 아무리 기다려도 오지 않는다. 끝물호박이 나왔다. 한학 선생이 나왔다. 알랑쇠가 나왔다. 마지막에는 빨강셔츠까지 나왔다. 그런데도 산미치광이의 책상에는 분필 한 자루가 모로 누워 있을 뿐 아무 기척이 없다. 나는 교무실에 들어서자마자 돈을 갚을 생각으로 하숙집에서 나올 때부터 목욕탕에 갈 때처럼 손바닥에 1전 5리를 꼭 쥐고 학교까지 왔다. 손에 땀이 많은 체질이라 손을 펴 보니 1전 5리가 땀에 절어 있다. 땀에 전 돈으로 돌려주면 산미치광이가 불평할 것 같아 책상에 올려 놓고 후후 불었다가 다시 손에 쥐었다. 그때 빨강셔츠가 다가왔다.

"어제는 실례가 많았네. 불편했지?"

"불편하지 않았습니다. 덕분에 배가 고팠지요."

그러자 빨강셔츠는 산미치광이 책상에 팔꿈치를 괴고 너부죽한 낯짝을 내 코앞에 들이밀었다. 무슨 일인가 했더니 이런다.

"자네, 어제 돌아오는 길에 배에서 한 이야기는 비밀로 해주게. 아직 아무한테도 이야기하지 않았겠지?"

계집 같은 목소리만큼이나 잔걱정도 많은 남자인 모양이다. 누구에게도 말하지 않은 것은 사실이다. 그러나 앞으로 이야기하려고 마음먹고 1전 5리를 손에 쥐고 있는 참인데, 여기에서 빨강셔츠에게 입단속이나 당하면 곤란하다. 빨강셔츠도 빨강셔츠다. 산미치광이라는 이름은 거론하지 않았을지언정 그토록 빤하게 짐작할 수 있는 수수께끼를 내놓고는 이제와서 그 수수께끼를 풀면 곤란하다고 한다. 교감의 깜냥에 못미치는 무책임한 처사다. 제대로 한다면 내가 산미치광이와 한창 격전을 벌일 때 나서서 당당하게 내 편을 들어 줄 일이다. 그래야 학교의 교감이자 빨간 셔츠를 입고 있는 뜻도 살아날 것이다.

"아직 아무에게도 이야기하지 않았지만, 지금부터 홋타 선생과 담판 지으려 합니다."

빨강셔츠가 낭패한 표정을 지었다.

"자네, 그렇게 덜컥 일을 저지르면 안 되네. 나는 홋타 선생에 대해 자네에게 확실하게 말해 준 기억이 없으니 말일세. 자네가 만약 이곳에서 주먹이라도 휘두르면 내 입장이 심히 곤란해져. 자네는 소동을 일으키려고 학교에 온 건 아니겠지?"

묘하게 상식을 벗어난 질문이다.

"당연하지요. 월급을 받으면서 소동을 일으키면 학교도 곤란할 것 아닙니까?"

"그럼, 어제 일은 어디까지나 참고만 하고 입 밖에는 내지 말게."

빨강셔츠는 진땀을 흘리며 부탁했다.

"좋습니다. 저도 난처합니다만, 그렇게까지 폐가 되는 일이라면 그만두지요."

나는 고분고분하게 약속했다.

"자네를 믿어도 되겠지?"

빨강셔츠는 다짐을 받는다. 대체 어디까지 계집애같이 굴 수 있는지 끝을 모르겠다. 문학사라는 사람들이 죄다 이렇다면 참으로 한심하다. 조리에 맞지도 않고 논리도 뒤죽박죽인 주문을 할 만큼 뻔뻔스럽다. 더군다나 나 같은 사내를 의심한다. 외람되지만 나로 말할 것 같으면 엄연한 대장부다. 한번 하겠다고 한 일을 손바닥 뒤집듯 말을 바꾸는 치사한 짓은 하지 않는다.

그때 양옆 책상 주인들도 출근한 터라 빨강셔츠는 서둘러 자기 자리로 돌아갔다. 빨강셔츠는 걸음걸이부터 알랑거린다. 교무실을 걸어 다닐 때도 소리가 나지 않도록 신발을 살짝 내려놓는다. 소리 내지 않고 걷는 것이 자랑이 되는 줄 이때 처음 알았다. 도둑질 연습도 아니고, 다들 하는 대로 하면 될 텐데. 이윽고 수업을 알리는 종소리가 울렸다. 산미치광이는 결국 오지 않았다. 어쩔 수 없이 1전 5리를 책상 위에 두고 교실로 향했다.

수업 때문에 1교시를 조금 늦게 끝내고 교무실로 돌아왔더니 다른 교사들은 모두 책상 앞에 앉아 담소를 나누고 있다. 산미치광이도 어느새 와 있다. 결근인가 생각했더니 지각이었다. 내 얼굴을 보자마자 말을 걸었다.

"오늘은 자네 탓에 지각했으니 벌금을 내게."

나는 책상 위에 있던 1전 5리를 내밀었다.

"이 돈을 줄 테니 가져가게. 며칠 전 도리초에서 먹은 빙수 값이야."

“무슨 소리야?”

산미치광이는 웃어 젖혔다. 하지만 뜻밖에 내가 정색하고 있는 것을 보더니 돈을 도로 내 책상에 밀어 놓았다.

“쓸데없는 농담은 집어치우게.”

어라, 산미치광이 주제에 끝까지 자기가 한턱을 낼 심산이구나.

“농담이 아니라 진심이야. 자네에게 빙수를 얻어먹을 이유가 없으니까 돈을 내는 것이네. 안 받을 이유라도 있어?”

“그렇게 1전 5리가 마음에 걸린다면 받아 주기야 하겠지만, 왜 갑자기 이제 와서 빙수 값을 내려는 건가?”

“지금이든 언제든 갚을 생각이었어. 얻어먹는 것이 싫으니까 갚겠다는 말이 아닌가?”

산미치광이는 냉랭하게 내 얼굴을 쳐다보더니 쳇 하고 혀를 찼다. 빨강셔츠의 부탁이 아니었다면 이 자리에서 당장 산미치광이의 비열함을 까발리고 싸움을 한바탕 벌였을 것이다. 그렇지만 입 밖에 내지 않겠다고 약속했으니 꼼짝없이 참을 수밖에 없다. 사람이 이렇게 얼굴을 붉히고 있는데 쳇 하고 혀를 차는 법이 어디 있담.

“빙수 값은 받아 줄 테니까 하숙집에서 나가 주게.”

“1전 5리를 받았으면 그것으로 된 게지, 하숙집을 나가든 말든 웬 참견인가? 내 마음이지.”

“자네 마음대로 할 일이 아니니까 그렇지. 어제 집주인이 찾아와서 자네가 나가 줬으면 좋겠다고 하더군. 그래서 왜 그러냐고 물어봤지. 주인이 하는 말이 지당하더군. 그래도 다시

한 번 확인하려고 오늘 아침 그 집에 들러 자세한 이야기를 듣고 왔네."

산미치광이가 무슨 말을 하는지 하나도 알아들을 수가 없다.

"주인이 자네에게 무슨 이야기를 했든 내가 알 게 뭔가? 그렇게 자기 마음대로 결정해 버리면 다인가. 이유가 있으면 이유를 말해 주는 것이 순서지. 무턱대고 주인이 하는 말이 지당하다고 하는 것은 실례 천만한 일이 아닌가?"

"그래, 그렇다면 말해 주지. 자네는 성질이 거칠어 하숙에서도 겉돌고 있다더군. 아무리 하숙의 안주인이라도 하녀는 아니네. 발을 내밀고 닦아 달라고 하다니, 너무 거만하지 않은가."

"내가 언제 하숙 안주인에게 발을 닦아 달라고 했나."

"닦아 달라고 했는지 아닌지는 알 수 없지만, 어쨌든 저쪽은 자네 때문에 곤란해하고 있네. 하숙비 10엔이나 15엔쯤이야 족자 하나 팔면 금방 생기는 돈이라더군."

"잘난 척하며 아무렇게나 지껄이는 놈이군. 그렇다면 왜 하숙을 쳤어?"

"왜 하숙을 쳤는지는 모르겠네. 하숙을 치기는 했지만 곤란해졌으니까 나가라고 하는 것이겠지. 자네가 나가 주게."

"물론이야. 있어 달라고 싹싹 빈들 있을 줄 아나? 도대체 그런 트집이나 잡는 하숙집을 알선한 자네부터가 괘씸하군."

"내가 괘씸한지, 자네가 골칫덩어리인지…… 과연 어느 쪽일까?"

산미치광이도 나 못지않은 다혈질이라 지지 않으려고 악을 쓴다. 교무실에 있던 선생들이 다들 무슨 일인가 싶어 산미치광이와 나를 멍하니 번갈아 쳐다본다. 나는 그다지 창피한 일을 한 기억이 없는 고로 벌떡 일어나 실내를 쓱 둘러봤다. 모두들 놀란 가운데 알랑쇠만 재미나다는 듯 웃고 있다. 나는 눈을 부릅뜨고 '너도 한판 붙을 테냐?' 하는 험악한 눈빛으로 박고지 같은 알랑쇠의 낯짝을 쏘아봤다. 그러자 알랑쇠는 갑자기 진지한 표정으로 몹시 조심스럽게 굴었다. 조금 겁을 먹은 것 같았다. 그러는 사이에 종소리가 울렸다. 산미치광이도 나도 싸움을 멈추고 교실로 갔다.

오후에는 전날 밤 내게 무례를 범한 기숙사생들의 처분에 관해 회의가 열린다. 회의라는 것은 태어나서 처음이라 어떻게 하는지 전혀 모르지만, 교사들이 떼로 모여 멋대로 자기주장을 내세우면 교장이 대충 추스르는 모양이다. 추스른다는 것은 흑백을 가리기 어려운 사안인 경우에 해야 할 말이다. 이번처럼 누가 보더라도 잘못이 확실하다고 판단할 수밖에 없는 사건을 회의에 부치는 것은 시간 낭비다. 누가 어떻게 해석하든 다른 주장이 나올 리 없다. 이런 명백한 사안은 그 자리에서 바로 교장이 처분해 버리면 될 것인데 꽤나 우유부단한 처사다. 교장이라는 자가 이 모양이라면 필시 결단력이 없고 미적지근하고 꾸물거리는 인사일 것이다.

회의실은 교장실 옆에 있는 기다란 방으로, 평소에는 식당으로 쓰인다. 검은 가죽을 씌운 의자 스무 개가 긴 테이블 주위에 놓여 있는 모양이 언뜻 간다에 있는 서양 요리점 같다.

테이블 끝에 교장이 앉고, 교장 옆에 빨강셔츠가 앉는다. 나머지는 마음대로 앉지만, 체조 교사만은 언제나 겸손하게 말석에 앉는다고 한다. 나는 사정을 잘 몰라 박물 교사[23]와 한학 교사 사이에 끼어 앉았다. 맞은편을 보니 산미치광이와 알랑쇠가 나란히 앉아 있다.

알랑쇠의 얼굴은 아무리 생각해도 못생겼다. 싸우기는 했어도 산미치광이의 인물이 훨씬 멋진 구석이 있다. 아버지 장례식 때 고비나타의 요겐지(養源寺) 방에 걸려 있던 족자 속 얼굴과 닮았다. 스님에게 물어보니 이다텐[24]이라는 괴물이라고 한다. 오늘은 화가 난지라 눈을 희번덕거리며 종종 내 쪽을 힐끔거린다. 그런다고 누가 겁이라도 먹을 줄 알고? 나도 밀리지 않을 생각으로 눈을 희번덕거리며 산미치광이를 째려봤다. 내 눈은 잘생긴 편은 아니어도 크기로만 보면 남에게 뒤떨어지지 않는다. "도련님은 눈이 크니까 배우가 되면 잘 어울릴 거예요." 할멈이 곧잘 이렇게 말했을 정도다.

대충 다들 모였느냐고 교장이 말하자 서기를 맡은 가와무라라는 자가 하나, 둘 하며 머릿수를 세어 본다. 한 사람이 부족하다. 한 사람이 부족하다고 생각하고 있었는데, 그도 그럴 수밖에 없다. 끝물호박이 오지 않았다. 무슨 전생의 인연인지 알 수 없으나 끝물호박의 얼굴을 보고 난 뒤로 그의 얼굴이 도저히 잊히지 않는다. 교무실에 오면 금방 끝물호박이 눈에

---

23) 현재의 생물과 지구 과학을 담당하는 교사.
24) 韋馱天. 불법 수호의 신으로 발이 빠르다고 알려져 있다. 갑옷과 투구, 옥봉(玉棒)을 지녔으며 얼굴이 무섭게 생겼다.

띈다. 길을 걷다가도 끝물호박의 모습이 머릿속에 떠오른다. 온천에 가면 끝물호박이 때때로 창백한 모습으로 탕 안에 부풀어 있다. 인사하면 황송스러워하며 고개를 숙이는데, 그러면 도리어 내가 미안해진다.

학교에서 끝물호박만큼 점잖은 사람은 보지 못했다. 좀처럼 웃는 일도 없지만 쓸데없는 소리를 하는 일도 없다. 나는 군자라는 말을 책으로만 배웠고 사전에만 있을 뿐 살아 있는 사람은 아니겠거니 했다. 그런데 끝물호박을 만나고 나서 비로소 실체가 있는 말이로구나 하고 감복했다.

이만큼 관심 있는 사람이기 때문에 회의실에 들어오자마자 끝물호박이 없다는 것을 금방 알아챘다. 솔직히 말하면 그 옆에 앉을까 하고 몰래 마음먹고 왔을 정도다. 교장은 "곧 오겠지요." 하며 자기 앞에 있는 보라색 비단 보자기를 풀어 곤약판[25] 같은 것을 읽고 있다. 빨강셔츠는 호박색 파이프를 비단 손수건으로 닦기 시작한다. 이 남자의 취미다. 빨강셔츠에게 딱 어울린다. 다른 교사들은 옆에 앉은 사람과 소곤거리며 잡담을 나눈다. 심심한 사람은 연필 끝에 달린 고무를 문질러 테이블에 뭐라고 쓰고 있다. 알랑쇠는 때때로 산미치광이에게 말을 건다. 하지만 산미치광이는 거들떠보지도 않는다. 그저 "음……."이나 "아……."로만 대꾸하다가 가끔 매서운 눈초리로 내 쪽을 노려본다. 나도 질세라 째려본다.

---

25) 평평하게 만든 곤약을 받침대로 삼아 인쇄한 등사판의 일종. 또는 그것으로 찍어 낸 것.

그러는 동안 목이 빠지게 기다렸던 끝물호박이 미안한 표정으로 들어왔다.

"볼일이 좀 있어 늦었습니다."

공손하게 너구리에게 인사했다.

"그러면 회의를 시작합시다."

너구리는 우선 서기인 가와무라 군에게 곤약판을 나눠 주라고 했다. 들여다보니 맨 처음이 처분 건, 다음이 학생 조사 건, 기타 안건이 두엇 있다. 너구리는 늘 그런 것처럼 젠체하며 흡사 살아 있는 교육의 화신인 양 말했다.

"교직원이나 학생이 저지르는 과실은 모두 이 사람이 부덕한 소치입니다. 어떤 사건이 일어날 때마다 '이런 주제에 용케도 교장 자리에 붙어 있구나.' 하는 마음에 남몰래 부끄러움을 견디고 있습니다. 불행하게도 이번 역시 소동을 일으킨 점에 대해 여러분에게 깊이 사죄하지 않을 수 없습니다. 그러나 일단 일이 일어난 이상 그냥 두고 볼 수도 없습니다. 어떻게든 처분을 내려야지요. 진상은 이미 여러분이 알고 있는 그대로니까, 참고할 수 있도록 뒷수습을 위한 대책을 기탄없이 말해 주십시오."

나는 교장의 말을 듣고, 과연 교장이라고 하든 너구리라고 하든, 참으로 훌륭한 소리를 하는구나 싶어 감탄했다. 이렇게 교장 혼자 모든 책임을 지고 '내 허물'이라는 둥 '부덕의 소치'라는 둥 할 것 같으면, 학생에 대한 처벌은 그만두고 자기부터 교직을 그만두면 될 것 아닌가. 그러면 이렇게 귀찮은 회의를 할 필요도 없어진다. 상식적으로만 보더라도 사정은 금세 알 수 있다. 나는 얌전하게 숙직을 섰고, 학생들이 난동을 부렸다. 잘못한 것은 교장도 아니고 나도 아니다. 바로 학생들이다. 만약 산미치광이가 선동했다면 학생과 산미치광이를 처벌하면 그것으로 족하다.

남의 잘못을 자기가 짊어지고 ‘내 탓이오, 내 탓이오.’ 하고 가슴을 치는 인간이 대체 어느 나라에 있단 말이냐. 너구리가 아니면 부릴 수 없는 재주다. 그는 조리에 맞지 않는 주장을 천연덕스럽게 내뱉고는 의기양양하게 일동을 둘러봤다. 그런데 입을 여는 자가 아무도 없다. 박물 교사는 제1 교사 지붕에 앉아 있는 까마귀를 바라보고 있다. 한학 교사는 곤약판을 접었다 폈다 하고 있다. 산미치광이는 여전히 내 얼굴을 노려보고 있다. 회의라는 것이 이런 맹물 같은 짓이라면 결석하고 낮잠이나 자는 편이 낫겠다.

나는 좀이 쑤셔 제일 먼저 의견을 말하려고 반쯤 엉덩이를 들었다가 마침 빨강셔츠가 발언을 시작하기에 그냥 주저앉았다. 파이프를 내려놓고 줄무늬가 있는 비단 손수건으로 얼굴을 닦으면서 무슨 말인가 하고 있다. 저 손수건은 분명 마돈나를 을러메어 손에 넣었을 것이다. 남자는 흰 모시 손수건을 사용하는 법이다.

“나도 기숙사생의 소동을 듣고 교감으로서 심히 덕이 부족하고, 또 평소에 아이들에게 가르침이 미치지 못한 것을 깊이 참회하는 바입니다. 이런 일은 어떤 결함이 있을 때 일어나는 법입니다. 사건 자체만 보면 어쩐지 학생만 나쁜 것 같지만, 그 진상을 들여다보면 책임은 도리어 학교에 있을지도 모릅니다.

따라서 겉으로 드러난 일만 가지고 엄중히 제재를 가한다면 오히려 미래를 위해 좋지 않다고 사료됩니다. 또한 청소년은 혈기가 왕성하고 활기가 넘치기 때문에 선악을 미처 가리지 못합니다. 반쯤 무의식적으로 이런 장난을 칠 수도 있습니다. 처벌에 관해서는 교장 선생님의 의중을 따라야 할 것이지, 제가 옆에서 참견할 일이 아닙니다. 그러나 아무쪼록 그간의 사정을 참작하시어 관용을 베풀어 주시기를 바라는 바입니다."

과연 너구리가 너구리라면 빨강셔츠는 빨강셔츠다. 학생이 패악을 떠는 것은 학생이 나쁜 것이 아니라 교사가 나쁘기 때문이라고 공언하고 있다. 미친놈이 남의 머리를 후려치는 것은 맞은 사람이 맞을 만한 잘못을 했기 때문이라는 식이다. 얼씨구절씨구 참 잘도 논다. 활기가 넘쳐나 주체할 줄 모를 정도라면 운동장에 나가 씨름이라도 하면 될 것 아니냐. 거의 무의식적으로 이부자리에 메뚜기를 넣어 둔다는 것이 말이 되는가. 이런 지경이라면 자고 있는 사람의 목을 베었다고 해도 거의 무의식적으로 했다면서 방면할 태세가 아닌가.

나는 이런 생각을 하며 무슨 말인가 하려고 머리를 굴려 봤지만, 이왕 발언을 할 바에야 사람들이 놀라 자빠지도록 거침없이 하지 않으면 시시하다. 그런데 나는 화가 나면 두세 마디 하고 꼭 말이 막혀 버린다. 너구리나 빨강셔츠는 인물로 보자면 나보다 못하지만 말재주만은 뛰어나다. 자칫 말꼬리라도 붙잡힌다면 볼썽사나워진다. 좀 복안을 세워 보리라 마음먹고 속으로 문장을 지어 본다. 그러다 앞에 있던 알랑쇠가 갑자기 일어나는 것을 보고 깜짝 놀랐다. 알랑쇠 주제에 의견을 내려고 하다니 건방지다. 그는 늘 그렇듯 실실거리는 말투로 이렇게 말했다.

"실로 이번 메뚜기 사건 및 함성 사건은 사려 깊은 우리 교직원으로 하여금 우리 학교의 전망(展望)을 노심초사하게 만들기에 충분한 유별(有別)한 사건입니다. 우리 교직원은 이를 전기(轉機)로 삼아 열심히 스스로를 반성하고 학교 전체의 풍기(風氣)를 바로잡아야 합니다. 그래서 방금 교장 선생님 및 교감 선생님이 하신 말씀은 실로 급소를 찌르는 적절하고도 타당한 의견입니다. 저는 철두철미 찬성합니다. 모쪼록 학생들에게 관대한 처분을 내려 주시기를 바랍니다."

알랑쇠가 한 말은 언어이기는 하나 의미가 없다. 한자어를 쉴 새 없이 늘어놓고 있어 무슨 말인지 모르겠다. 알아들은 말은 철두철미 찬성한다는 말뿐이다.

나는 알랑쇠가 한 말의 뜻은 모르겠지만, 어쩐지 매우 화가 났기 때문에 복안도 미처 마련하지 못한 채 벌떡 일어나고 말았다.

"나는 철두철미 반대입니다……."

이렇게 말했지만 그다음 말이 금세 따라 나오지 않는다.

"……그런 말도 안 되는 처분은 정말 싫습니다."

이렇게 덧붙였더니 다들 웃음을 터뜨렸다.

"처음부터 끝까지 학생들의 잘못입니다. 어떻게 해서든 사과를 시키지 않으면 버릇이 나빠집니다. 퇴학시켜도 상관없습니다. ……뭡니까, 버릇없이, 새로 부임한 교사라고……."

이렇게 말하고 자리에 앉았다. 그러자 오른쪽 옆에 앉아 있던 박물 교사가 약한 소리를 했다.

"학생이 잘못한 것은 사실이지만 너무 엄중하게 처벌하면 도리어 반발심을 일으킬 테니까 좋지 않습니다. 역시 교감 선생님이 말씀하신 대로 관대하게 처분하자는 의견에 찬성합니다."

왼쪽 옆에 앉은 한학 교사도 온건한 주장에 찬성이라고 말했다. 역사 교사도, 교감도 같은 의견이라고 했다. 부글부글 끓는다. 대다수가 빨강셔츠와 한편이다. 이런 무리가 모여 학교를 이끌어 나가고 있다면 이야기는 간단하다. 나는 이미 학생들에게 사과를 받아 내든지 사표를 쓰든지, 둘 중 하나라고 마음을 정해 두었다. 만약 빨강셔츠가 승리를 거두면 곧장 집에 돌아가 짐을 꾸릴 각오를 했다. 어차피 이런 작자들을 내 말재간으로 굴복시킬 재주는 없다. 설령 굴복시켰다 해도 이런 작자들과 어울리며 지내는 것은 내가 싫다. 학교를 떠나 버리면 어떻게 되든 상관없지 않은가. 내가 무슨 말을 하면 분명히 또 웃을 것이다. 흥, 누가 말할까 보냐. 나는 새침하게 앉아 있었다.

그러자 지금까지 잠자코 듣고 있던 산미치광이가 흥분해서 벌떡 일어났다. '저놈도 빨강셔츠에게 찬성표를 던지겠지? 어차피 네놈과는 한판 붙을 테니 마음대로 하든 말든……' 이런 마음으로 지켜보고 있는데, 산미치광이가 유리창이 흔들거릴 듯한 목소리로 말하기 시작했다.

"저는 교감 선생님과 그 밖의 여러분 주장에 전혀 동의하지 않습니다. 왜냐하면 이 사건은 어떻게 보더라도 기숙사생 쉰

명이 신참 교사 모 씨를 얕잡아 보고 놀려 주려고 벌인 소행으로밖에 볼 수 없기 때문입니다. 교감 선생님은 그 원인을 교사의 인물 됨됨이에서 찾고 계시지만, 실례를 무릅쓰고 말씀드리건대 실언이 아닌가 생각합니다. 모 씨가 숙직을 선 것은 부임하고 얼마 되지 않아서입니다. 아직 학생들과 만난 지 이십 일도 되지 않은 무렵이지요. 이십 일이라는 짧은 시간에 학생들이 그의 학문과 인물됨을 평가할 수 있었을 리 만무합니다. 모욕당할 만한 지당한 사유가 있어서 모욕을 받았다면 학생의 행위를 어느 정도 참작할 이유도 있겠습니다만, 아무런 이유도 없이 새로 온 선생을 우롱하는 경박한 학생을 관대하게 처분하는 것은 학교의 위신에 관련되는 일이라고 봅니다. 교육의 정신은 단지 학문을 배우는 것에만 있지 않습니다. 고상하고 정직한 무사적인 건강함을 고취함과 동시에 야비하고 경조부박하며 난폭하고 오만한 악풍을 소탕함에도 있습니다. 만약 반발을 염려하고 소동이 커지지 않을까 저어해 고리타분하게 대처한다면, 이 같은 못된 버릇을 언제 교정할 수 있겠습니까. 못된 버릇을 근절하기 위해 우리는 이 학교에서 교사의 책무를 다하고 있는 것입니다. 이 점을 간과한다면 애초에 교사가 되지 말았어야 합니다. 이상과 같은 이유로 저는 기숙사생 일동을 엄벌에 처하고, 해당 교사 앞에서 공식적으로 사죄의 뜻을 표하도록 지도하는 것이 지당한 처분이라고 생각합니다."

산미치광이가 자리에 털썩 앉았다. 좌중은 입을 닫고 아무 말도 하지 않는다. 빨강셔츠는 다시 파이프를 닦기 시작했다.

나는 여간 기쁘지 않았다. 내가 쏟아 내려고 생각한 말을 나 대신 산미치광이가 속이 시원하도록 말해 준 것이다. 나는 단순한 인간인지라 이제까지 그와 싸운 일은 새까맣게 잊고 대단히 감사하다는 표정으로 자리에 앉은 산미치광이 쪽을 쳐다봤다. 산미치광이는 시치미를 뚝 뗀 얼굴로 모른 척한다.

조금 뒤 산미치광이가 또다시 일어섰다.

"방금 깜빡하고 못다 한 말이 있습니다. 그날 밤 숙직 당번은 숙직 중 외출해 온천에 간 듯합니다만, 그것은 당치도 않은 행동입니다. 학교를 지키는 소임을 맡고도 감독하는 사람이 없는 틈을 이용해 다른 곳도 아닌 온천에 다녀온 것은 중대한 실책입니다. 학생들 일과는 별개로, 이 점에 대해서는 교장 선생님이 특별히 책임자에게 주의시켜 주실 것을 희망합니다."

이상한 놈이다. 칭찬해 주는 줄 알았더니 바로 실책을 까밝힌다. 나는 별생각 없이 전에 숙직 섰던 사람이 외출했다는 사실을 알고 으레 다들 그러려니 하고 온천에 다녀왔던 것인데, 이야기를 듣고 보니 그 일은 내가 잘못했다. 공격당해도 유구무언이기에 나는 다시 일어나서 말했다.

"사실 지난번 숙직을 서는 중에 온천에 갔습니다. 전적으로 제 잘못입니다. 사죄드립니다."

이렇게 말하고 앉으니까 좌중이 또 웃음을 터뜨렸다. 무슨 말만 하면 웃는 시시껄렁한 놈들이다. 너희는 이렇게 자신의 잘못을 공공연하게 잘못했다고 솔직히 말할 수 있느냐. 그럴 수 없으니까 웃는 것이겠지.

"더 이상 의견이 없는 듯하니, 잘 생각해 보고 처분을 내리겠습니다."

교장이 말했다. 내친김에 그 결과를 말하자면 기숙사생들은 일주일 외출 금지를 당하고 내 앞에서 사죄했다. 사죄하지 않으면 즉시 사표를 내고 도쿄로 돌아가려고 했는데, 얼추 내가 말한 대로 일이 마무리되는 바람에 결국은 큰일이 터지고 말았다. 그 일의 전말은 나중에 이야기하겠지만, 교장은 이때 회의의 연속이라며 이런 말을 했다.

"학생들이 예의범절을 갖출 수 있도록 교사가 감화시켜 나가야 합니다. 따라서 우선 교사는 가능하면 음식점 등에 출입하지 않았으면 좋겠습니다. 송별회 같은 때는 특별히 예외이지만, 품위가 없는 곳에 가는 일은 피해 주십시오. 예를 들어 메밀국숫집이라든가 경단집이라든가……."

그러자 다들 또 웃었다. 알랑쇠가 산미치광이를 보고 튀김 메밀국수라고 말하고 눈짓을 보냈지만 산미치광이는 상대해 주지 않았다. 꼴좋다.

나는 머리가 나빠 너구리가 하는 말을 잘 알아듣지 못하겠다. 메밀국숫집이나 경단집에 드나든다는 이유로 중학교 교사가 될 수 없다면 나 같은 먹보는 도저히 교사 생활을 견뎌 낼 수 없다. 만약 그렇다면 처음부터 메밀국수나 경단을 싫어하는 사람이어야 한다는 조건을 붙여 교사를 고용할 일이다. 아무 말도 없이 임명장을 주고는 메밀국수를 먹지 말라, 경단을 먹지 말라 하며 무자비한 포고령을 내리는 것은 나처럼 먹는 것 말고 달리 도락이 없는 사람에게는 매우 심각한 타격이다. 그러자 빨강셔츠가 또 입을 열었다.

"원래 중학교 교사는 사회의 상류 계급에 있는 사람이기 때문에 단지 물질적인 쾌락만 추구해서는 안 됩니다. 그런 쪽으로 빠지면 결국 품성에 나쁜 영향을 미칠 뿐입니다. 그래도 인간이기 때문에 오락거리라도 없으면 도저히 좁은 시골 구석에서는 버텨 낼 수 없습니다. 그래서 낚시를 하거나 문학책을 읽든가 또는 신체시나 하이쿠를 짓든가, 뭐든 고상하고 정신적인 오락을 찾지 않으면 안 됩니다……."

잠자코 듣고 있으려니 제멋대로 열을 내며 지껄이고 있다. 바다에 나가 비료나 낚고, 곰치인지 고루키인지 러시아 문학자를 아는 척하고, 단골 게이샤를 소나무 아래에 세우고, 오래된 연못에 개구리가 뛰어든다는 둥[26] 읊어 대는 것이 정신적인 오락이라면 메밀국수를 먹고 경단을 삼키는 것도 정신적인 오락이다. 그런 너저분한 오락을 즐길 바에야 빨강셔츠라도 빠는 편이 낫다. 나는 화가 머리끝까지 나서 이렇게 물었다.

"마돈나와 만나는 것도 정신적인 오락입니까?"

이번에는 아무도 웃지 않는다. 서로 어색한 표정으로 멀뚱멀뚱 쳐다본다. 빨강셔츠는 난처한 듯 시선을 떨구었다. '이것 봐라. 한방 맞았지.' 다만 가엾은 것은 끝물호박이었다. 내가 이런 말을 하자 그의 창백한 얼굴이 더 창백해졌다.

---

26) 마쓰오 바쇼(松尾芭蕉, 1644~1694), 하이쿠의 대가가 쓴 "오래된 연못 개구리 뛰어드는 물소리."에 나오는 '오래된 연못'이라는 시구를 사용해 하이쿠 짓는 것을 유머러스하게 말한 것.

7

나는 그날 밤 하숙집을 나왔다. 하숙에 돌아가 짐을 정리하고 있는데 안주인이 말을 건다.

"뭔가 불편한 일이라도 있으셨어요? 못마땅한 일이 있으면 말씀해 주세요. 고칠게요."

깜짝 놀랐다. 세상에는 어째서 이렇게 엉뚱한 사람들만 모여 있는 것일까. 나가 달라는 것인지, 있어 달라는 것인지, 도통 알 수 없다. 마치 미친 것 같다. 이런 사람을 상대로 싸움을 벌여 봤자 에도 토박이의 이름만 더러워질 테니 인력거꾼을 불러 뒤도 돌아보지 않고 성큼 나와 버렸다.

나오기는 나왔는데 어디 갈 곳이 있는 것도 아니다. 인력거꾼이 어디로 가겠느냐고 묻는다.

"잠자코 따라오게. 곧 알려 줄 테니."

이렇게 말하면서 부리나케 걸었다. 귀찮은 마음에 야마시로야에 갈까도 생각해 봤지만, 또 옮겨야 하니까 번거롭기만 하다. 이렇게 걷다가 하숙이라든가 숙소라는 간판이 붙은 집을 찾을 수 있겠지. 그러면 그곳을 하늘이 점지해 준 숙소로 삼자. 이런 마음으로 한적하고 살기 좋아 보이는 곳을 한바퀴 빙 돌며 걷는 사이에 어느덧 가지야초까지 와 버렸다. 여기는 무사들의 저택이 있는 곳이지 하숙 같은 것이 있을 리 없다. 좀 더 시끌벅적한 곳으로 되돌아가려다가 문득 좋은 생각이 났다.

내가 경애하는 끝물호박이 이 동네에 살고 있다. 끝물호박은 이 고장 사람으로 선조 대대로 내려온 집이 있을 정도니까 틀림없이 이 주변 사정에 정통할 것이다. 그 사람을 찾아가서 물어보면 괜찮은 하숙을 가르쳐 줄지도 모른다. 다행히 한번 인사하러 온 적이 있어 대충은 집 위치를 알기에 찾아 헤맬 필요는 없다. 이곳이겠지 싶은 곳을 적당히 찾아내어 "여보세요, 여보세요." 하고 두 번 불렀다. 안에서 쉰가량 되어 보이는 늙은이가 고풍스러운 등잔불을 들고 나왔다.

나는 젊은 여자도 싫지 않지만, 늙은이를 보면 왠지 정감이 느껴진다. 아마도 할멈을 좋아하니까 그 마음이 할머니들에게 옮겨 가는 것이리라. 끝물호박의 어머니겠지. 머리를 잘라 뒤로 드리운 품격 있는 부인이었는데 끝물호박과 상당히 닮았다. 집으로 들어오라는 것을 마다하고 잠시 만나고 싶을 뿐이라며 주인을 현관까지 불러냈다. 그리고 사실은 이러저러한 사정이 있는데 어디 적당한 데가 없겠느냐고 물었다.

"하, 그것 참 곤란하겠군요."

끝물호박은 잠시 생각에 잠겼다.

"저기, 이 뒷동네에 하기노라는 노부부가 삽니다. 언젠가 방을 비워 두기 아까우니 믿을 만한 사람이 있으면 빌려주고 싶다면서 소개해 달라고 했지요. 지금도 방을 빌려줄지 알 수 없지만 함께 가서 물어보지요."

끝물호박은 친절하게 나를 데리고 갔다.

그날 저녁부터 나는 하기노 씨 집 하숙생이 되었다. 놀랍게도 내가 이카긴의 집에서 나온 다음 날, 교대하듯 알랑쇠가 태연하게 내가 쓰던 방을 점령했다고 한다. 이 일을 알고 나는 질려 버렸다. 세상에는 야바위꾼만 들끓으며 서로 속고 속이고 있을지도 모른다. 세상이 싫어졌다.

세상이 이런 식이라면 나도 지지 않겠다는 심정으로 세상 사람들처럼 굴지 않으면 살아남을 수 없다. 야바위꾼의 돈을 가로채야만 세 끼 밥을 먹을 수 있는 것이 확실하다면 과연 그렇게까지 해서 살아가야 할지 생각해 봄직하다. 그렇다고 허우대가 멀쩡한 몸으로 목을 매어 죽어 버린다면 조상님 앞에 얼굴을 들 수 없을 뿐 아니라 체면도 말이 아니다.

물리 학교 같은 데 들어가 수학처럼 천하에 쓸모없는 공부를 하는 것이 아니었다. 도리어 600엔을 밑천으로 우유 가게라도 시작하는 편이 나았다. 그랬더라면 할멈도 내 곁을 떠나지 않아도 되었을 것이고, 나도 멀리서 할멈을 걱정하지 않고 살아갈 수 있었다. 함께 있는 동안에는 그렇지도 않았는데, 이렇게 시골에 와 보니 할멈은 정말 착한 사람이다. 그렇게 마음씨 착한 여자는 일본을 다 뒤지고 돌아다녀도 좀처럼 찾아낼 수 없을 것이다. 할멈은 내가 떠날 때 감기 기운이 있었는데 지금은 좀 어떤지 모르겠군. 요전에 보낸 편지를 봤다면 기뻐했겠지. 그러고 보니 답장이 올 때도 된 것 같은데……. 이런 생각에만 빠져 이삼일을 지냈다.

답장이 마음에 걸려 하숙집 할머니에게 도쿄에서 편지가 오지 않았느냐고 수시로 물어봤다. 그때마다 아무것도 오지 않았다며 미안한 표정을 짓는다. 이 집 부부는 이카긴과 달리 본바탕이 무사인 만큼 행동거지가 고상하다. 밤마다 할아버지가 이상한 소리를 내며 옛 노래를 부르는 일만큼은 질색이지만, 이카긴처럼 무턱대고 차를 마시자고 하는 일이 없으니 마음이 아주 편하다. 할머니는 때때로 방에 찾아와 이런저런 이야기를 한다.

"어째서 색시를 데려오지 않았어유?"

"아내가 있는 것처럼 보입니까? 안타깝게도 이래 봬도 아직 스물넷인걸요."

"스물넷이면 색시가 있는 게 당연하지 않아유?"

이렇게 무지르듯 말하더니 어디 누구는 스물넷에 색시를 맞이했다든가, 어디 아무개 씨는 스물둘에 자식이 둘이라든가, 아무렇게나 반 다스쯤 예를 들어 반박하려 드는 데는 학을 떼었다.

"그러면 나도 스물넷에 장가들 테니 중매 좀 서 주실래유?"

시골 말투를 흉내 내어 짐짓 부탁하는 척했더니 할머니가 진심이냐고 묻는다.

"그럼요, 진심이고말고요. 장가들고 싶어 안달이 다 나는걸요."

"그렇기도 하겠지유. 젊을 때는 누구나 그런 법이지유."

이렇게 진지하게 대답해 주는 데는 미안해서 대꾸할 말이 떠오르지 않았다.

"그치만 선생님은 이미 틀림없이 색시가 있어유. 내가 진즉부터 다 알고 있었지유."

"우아, 눈치도 밝으시네요. 어떻게 알았어요?"

"어떻게라니유? 도쿄에서 편지가 오지 않았느냐, 편지가 오지 않았느냐 하면서 매일처럼 목을 빼고 편지를 기다리고 계시잖어유."

"아이쿠, 놀랍네요. 정말 대단한 눈치십니다."

"내 말이 맞았지유?"

"음, 글쎄올시다. 맞았는지도 모르겠네요."

"그런데 요즘 여자들은 옛날과 달라서 방심하면 안 돼유. 조심하셔야지유."

"무슨 말씀인가요? 내 아내가 도쿄에서 다른 남자와 놀아나기라도 한다는 건가요?"

"아니에유. 선생님 색시는 얌전한 분이겠지만……."

"어휴, 겨우 안심했네. 그럼 뭘 조심하라는 말이유?"

"선생님 색시는 틀림없겠지유. 선생님 색시는 얌전한 분이겠지만……."

"어디에 그렇지 않은 색시라도 있단 말이유?"

"이 근방에도 꽤 있지유. 선생님, 저기 도야마 집안의 아가

씨를 아시는지유?"

"아니, 모릅니다."

"아직 모르세유? 이 동네에서 제일가는 미인이 아니신감유. 미인도 그런 미인이 없으니까 학교 선생님들이 다들 마돈나, 마돈나 하고 부르지유. 아직 못 들으셨나 봐유."

"음, 마돈나 말이군요. 게이샤 이름인가 했네요."

"아니어유, 선생님. 마돈나라는 것은 외국 이름인데 아마도 미인이라는 말이겠지유."

"아, 그럴지도 모르겠네요. 몰랐습니다."

"그럼 선생이 붙인 이름이던데유."

"흥, 알랑쇠가 붙였군요."

"아니유. 요시카와 선생님이 붙였다고 해유."

"마돈나가 얌전하지 않다는 말인가요?"

"그 마돈나가 얌전하지 않은 마돈나지유."

"골치 아프겠군요. 옛날부터 별명이 붙은 여자치고 괜찮은 여자는 없으니까요. 그럴지도 모르지요."

"정말로 그래유. 귀신 오마쓰[27]라든가 일본의 달기 오햐쿠[28] 같은 무서운 여자가 있지 않아유."

"마돈나도 그런 부류인가요?"

"그 마돈나가 말이지유, 선생님. 저기, 선생님을 여기에 소개해 주신 고가 선생님 있잖아유. 그분에게 시집을 가기로 약속

---

27) 가부키 등에서 '일본 3대 도적' 중 하나로 나오는 여도적.
28) 은나라 주왕의 비로 매우 포악했던 달기(妲己)에 버금가는 에도 시대의 독부. 가부키로도 만들어졌다.

돼 있다던데유."

"흠, 이상한 일이네요. 끝물호박이 그렇게 여복 있는 남자인 줄은 몰랐습니다. 사람은 겉모습만으로 알 수 없다더니, 좀 조심해야겠는데요."

"그런데 작년에 그분 아버님이 돌아가시는 바람에……. 그때까지는 돈도 좀 있고, 은행에 주식도 있고, 부족한 것 없이 만사형통한 집안이었는데유……. 그다음부터는 어찌 된 일인지 갑자기 집안이 심상치 않게 기울어 가더니……. 고가 선생이 사람이 지나치게 좋다 보니 사기를 당한 거예유. 이런저런 일로 혼사도 늦추고 있었는데, 교감 선생님이 오셔 가지고 자기가 꼭 마돈나와 결혼하고 싶다고 졸랐지유."

"빨강셔츠가 말입니까? 참 고약한 놈이군. 역시 그 셔츠가 그냥 셔츠 같지 않더라니. 그래서 어떻게 됐어요?"

"사람에게 부탁해 청을 넣었다지유. 그렇지만 도야마 씨도 고가 선생에 대한 예의가 있으니 곧장 대답할 수는 없어서……. 잘 생각해 보겠다는 인사 정도로 했다지유. 그러자 교감 선생님이 연줄을 찾아 도야마 씨 댁에 드나들었고, 기어이 아가씨를 자기 손에 넣고 말았다네유. 교감 선생도 그렇지만, 아가씨도 그래야 하나유? 모두들 나쁘다고 말해유. 일단 고가 선생한테 시집가겠다고 승낙해 놓고, 이제 학사가 나타났다고 그쪽으로 바꾸려고 하니까유. 그래서야 저기 뜨는 해님 볼 낯이 있겠어유, 선생님?"

"그럼요, 볼 낯이 없지요. 저기 뜨는 해님은 말할 것도 없고 내일 뜨는 해님, 모레 뜨는 해님, 아니 앞으로도 계속 볼 낯이 없고말고요."

"그래서 고가 선생이 불쌍하다고 친구분인 홋타 선생이 교감 선생님한테 충고하러 갔지유. 그랬더니 빨강셔츠 선생이 자기는 먼저 약속이 있는 사람을 가로챌 생각은 없다고 하더래유. 파혼이라도 된다면 모를까……. 지금으로서는 도야마 집안과 교제하는 것뿐이라구유. 도야마 집안을 드나드는 것은 고가 선생한테 별달리 미안한 일도 아니잖느냐고 하니께, 홋타 선생도 별수 없이 돌아오셨다지유. 빨강셔츠 선생하고 홋타 선생은 그 뒤로 사이가 나빠졌다고 하구유."

"참 별일을 꼬치꼬치 다 아시는구려. 어떻게 그렇게 자세하게 알고 계십니까? 감탄스럽습니다."

"좁은 바닥이니께 무슨 일이든 알지유."

훤히 다 알고 있으니 숨이 턱 막힌다. 이런 식이면 튀김 메밀국수나 경단에 관한 일도 알고 있을지 모른다. 참으로 귀찮은 곳이다. 그러나 덕분에 마돈나의 의미도 알았고, 산미치광이와 빨강셔츠의 관계도 알았으니, 앞으로 퍽 참고가 되겠다. 다만 어느 쪽이 나쁜 놈인지 판단하기 어렵다. 나 같은 단순한 사람은 흰색인지 검은색인지 정리해 주지 않으면 어느 쪽 편을 들어야 할지 모른다.

"교감하고 산미치광이 중에 어느 쪽이 좋은 사람인가요?"

"산미치광이가 뭔데유?"

"아, 산미치광이는 홋타 선생을 말하는 겁니다."

"그야 힘은 홋타 선생이 세겠지만, 교감 선생은 학사니까 능력은 더 있겠지유. 그리고 친절하기는 교감 선생이 친절한데 학생들은 홋타 선생이 더 좋다고 하대유."

"그러니까 어느 쪽이 좋은 사람이냐고요?"

"그러니까 월급 많은 쪽이 훌륭한 게 아닌감유?"

이래서야 물어봤자 소용이 없으니 그만두었다. 그후 이삼일 지나 학교에서 돌아왔을 때였다.

"그렇게 기다리던 편지가 왔어유."

할머니가 생글거리며 편지 한·통을 들고 오더니 찬찬히 읽으라며 방을 나갔다. 받아들고 보니 할멈이 보낸 편지다. 알림장이 두세 장 붙어 있는 것을 자세히 들여다보니 야마시로야에서 이카긴 집을 거쳐 하기노 집으로 돌고 돌아 도착한 것 같다. 게다가 야마시로야에서는 일주일이나 묵혀 있었다. 여관이라고 편지까지 재웠나 보다. 봉투를 열어 보니 그야말로 장문의 편지다.

"도련님의 편지를 받고 곧장 답장하려고 했는데, 공교롭게도 감기에 걸려 일주일쯤 자리보전을 하는 바람에 송구스럽게도 늦어졌습니다. 더구나 요즘 아가씨처럼 읽고 쓰는 것이 능숙하지 않아 이렇게 삐뚤빼뚤한 글씨조차 쓰려니 힘이 드네요. 조카에게 대신 써 달라고 할까도 했지만 모처럼 편지를 보내는 것이니 스스로 쓰지 않으면 도련님께 미안한 일이지요. 일부러 초안을 쓴 다음 옮겨 적었습니다. 청서는 이틀 만에 끝났지만, 밑글을 쓰는 데는 나흘이 걸렸습니다. 읽기 힘들지 모르겠지만 그래도 열심히 쓴 편지이니 아무쪼록 끝까지 읽어 주세요."

이런 말이 첫머리에 주절주절 넉 자(약 120센티미터)도 넘게 꾹꾹 눌러 써 있다. 과연 읽으려니 힘이 든다. 글씨를 못 쓴 것뿐만이 아니다. 하나같이 히라가나로 쓰여 있으니 말이 어디에서 끊어지고 어디에서 시작하는지 끊어 읽는 일이 여간 어렵지 않다. 나는 성질이 급한 편이라 이렇게 길고 읽기 힘든 편지는 5엔을 준다고 해도 절대 사양할 판이다. 하지만 이번만은 착실하게 처음부터 끝까지 읽어 내려갔다. 다 읽은 것은 사실이지만 읽느라 진이 빠져 뜻이 잘 이어지지 않았기 때문에 처음부터 다시 읽어 봤다. 방 안이 약간 어두워진 탓에 아까보다 글씨를 알아보기 어려워졌다. 급기야 툇마루 끝에 걸터앉아 정신을 가다듬고 들여다봤다.

초가을 바람이 파초 잎을 살랑 나부끼고 맨살을 스쳐 지나간다. 그 바람에 읽고 있던 편지가 마당 쪽으로 휘날렸고 급기야 넉 자 남짓한 편지 반쪽이 펄럭거렸다. 손을 놓으면 건너편 울타리까지 날아갈 것만 같다. 그런 것에 일일이 신경을 빼앗길 수는 없다.

　도련님은 대쪽 같은 성정이지만 화를 좀 잘 내는 것이 걱정스러워요. 또 다른 사람에게 함부로 별명 같은 것을 붙이면 원한을 살 수 있으니 함부로 별명을 불러서는 안 됩니다. 만약 별명을 붙이더라도 나에게만 편지로 알려 주세요. 시골뜨기는 못됐다고들 하니 험한 꼴 당하지 않도록 조심하시고요. 날씨도 틀림없이 도쿄보다 안 좋을 테니까 잠결에 이불을 차고 자다가 감기에 걸려서는 안 됩니다. 도련님의 편지는 너무 짧아서 사정을 잘 모르겠어요. 다음에는 하다못해 이 편지의 반쯤 정도는 써 주세요. 여관에 행하를 5엔이나 준 것은 괜찮지만 그것 때문에 나중에 돈이 부족하지는 않을지……. 시골에서 의지할 것은 돈밖에 없으니 될수록 아껴 써서 만일의 경우에도 지장이 없도록 해야 합니다. 용돈이 없어 힘든 건 아닌가 싶어 우편환으로 10엔을 보내요. 저번에 도련님한테 받은 50엔은 도련님이 도쿄로 돌아와 집을 마련할 때 보태려고 우체국에 맡겨 두었어요. 거기에서 10엔을 꺼내 써도 아직 40엔이 있으니까 괜찮습니다.

과연 여자란 꼼꼼한 법이다.

툇마루 끝에 앉아 편지를 팔락거리며 생각에 잠겨 있으려니까 장지문을 열고 하기노 할머니가 저녁 밥상을 들고 왔다.

"아직도 읽고 계시남유. 꽤나 긴 편지인가 봐유."

"그럼요. 소중한 편지니까 바람에 날리다가 보고, 또 날리다가 보고 있답니다."

스스로도 알 수 없는 대꾸를 하고 밥상 앞에 앉았다. 오늘 저녁도 고구마조림이다. 이 집은 이카긴보다 정중하고 친절할 뿐 아니라 고상하기는 한데, 아쉽게도 밥이 별로다. 어제도 고구마, 그저께도 고구마를 내놓더니 오늘도 고구마다. 내가 고구마를 엄청나게 좋아한다고 공언한 것은 틀림없지만, 이렇게 허구한 날 고구마를 먹어서는 생명을 부지할 수 없다. 끝물호박을 비웃기는커녕 머지않아 나 자신이 끝물 고구마 선생이 될 지경이다.

할멈이라면 이럴 때 내가 좋아하는 참치 회라든가 양념 어묵구이를 해 줄 테지만, 가난한 무사 집안의 구두쇠이고 보니 어쩔 수 없다. 아무리 생각해도 할멈과 같이 살아야겠다. 만약 이 학교에 오래 머물 것 같으면 도쿄에서 불러 내려야지. 튀김 메밀국수도 먹으면 안 되고 경단도 먹으면 안 된다. 게다가 하숙집에서는 고구마만 먹고 노래지고 있다. 교육자란 참 힘든 직업이로구나. 선종 승려도 이보다는 음식 호강을 누릴 것이다. 나는 고구마 한 접시를 먹어 치우고 책상 서랍에서 날달걀을 두 개 꺼냈다. 그것을 주발 가장자리에 쳐서 깨 먹고서야 겨우 입을 달랠 수 있었다. 날달걀이라도 영양을 보충하지 않는다면 앞으로 일주일에 스물한 시간 수업을 어떻게 해낼 수 있으랴.

오늘은 할멈의 편지를 읽는다고 온천에 가는 시간이 늦어졌다. 그래도 매일 가던 것을 하루라도 빼먹으면 마음이 개운치 못하다. 기차라도 타려고 빨간 수건을 챙겨 정거장으로 갔더니 이삼 분 전에 기차가 떠난 참이라 좀 기다려야 한다. 벤치에 앉아 시키시마 담배를 태우고 있으려니까 마침 우연히도 끝물호박이 온다. 나는 그에 관한 이야기를 들은 뒤로 그가 더욱 불쌍하게 여겨졌다. 평소부터 천지간에 군식구로 얹혀사는 것처럼 기가 죽어 있는 모습이 참 가련해 보였는데, 오늘 밤은 가련하다는 말로는 부족하다. 가능하다면 월급을 두 배로 올려 주고, 내일 당장 도야마의 아가씨와 결혼시키고, 한 달쯤 놀러 가라고 도쿄에 보내 주고 싶다는 생각을 하던 참이라 선뜻 자리를 내주었다.

"아, 온천에 가십니까? 자, 이쪽으로 앉으세요."

“아니에요. 마음 쓰지 마십시오.”

끝물호박은 송구스러워하며 사양하는 둥 마는 둥 그대로 서 있다.

“좀 기다려야 합니다. 고단할 테니 앉으세요.”

다시 권해 봤다. 실은 어떻게든 곁에 앉히고 싶을 만큼 가여워 견딜 수 없었다.

“그러면 잠시 실례하지요.”

겨우 내 말을 들어줬다. 세상에는 알랑쇠처럼 나서지 않아도 될 곳에 반드시 얼굴을 내미는 건방진 놈도 있다. 산미치광이처럼 자기가 없어지면 일본이 망하기라도 할 것 같은 얼굴을 어깨 위에 얹어 놓은 놈도 있다. 그런가 하면 빨강셔츠처럼 머리카락에 화장품을 덕지덕지 처바르고 바람둥이를 도맡겠다고 자처하는 놈도 있다. 교육이 생명을 얻어서 프록코트를 입으면 그게 나라고 말할 것 같은 너구리도 있다. 모두들 나름대로 젠체하는데, 이 끝물호박처럼 있는 듯 없는 듯 볼모로 잡힌 인형처럼 얌전한 사람은 본 적이 없다. 얼굴은 통통하지만 이렇게 괜찮은 남자를 내버리고 빨강셔츠에게 마음이 쏠리다니, 마돈나도 어지간히 속을 알 수 없는 상스러운 여자다. 빨강셔츠를 수십 명 갖다 준다 한들 이렇게 훌륭한 남편감을 찾을 수 있을까.

“몸이 어디 불편한 것은 아닌지요? 오늘따라 매우 지쳐 보이는데…….”

“괜찮습니다. 이렇다 할 병이 있는 것도 아니고…….”

“다행이군요. 몸에 탈이 나면 사람 구실을 못 한답니다.”

"선생님은 퍽 건강해 보이네요."

"네, 마르기는 했어도 병은 없어요. 병에 걸리기는 정말 싫습니다."

끝물호박은 내 말을 듣고 싱긋 웃었다.

그때 입구에서 젊은 여자의 웃음소리가 들렸다. 무심코 뒤를 돌아봤더니 놀라운 사람이 나타났다. 살결이 곱고 유행하는 머리 모양을 한 키 큰 미인과 마흔대여섯 되는 부인이 매표소 앞에 나란히 서 있다. 난 미인을 묘사할 줄 모르는 사내라 이러쿵저러쿵할 수 없지만 대단한 미인임에 틀림없다. 어쩐지 수정 구슬을 향수로 따뜻하게 데워 손바닥으로 감싸 쥔 듯한 기분이다. 키가 작고 나이 든 사람은 얼굴이 닮은 것으로 보아 모녀지간일 것이다. '아, 저 여자구나.' 하고 생각한 순간 끝물호박은 까맣게 잊어버리고 젊은 여자 쪽만 바라봤다. 그때 내 옆에 앉아 있던 끝물호박이 벌떡 자리에서 일어나 성큼성큼 여자 쪽으로 걸어가기에 조금 놀랐다. 마돈나가 아닐까 짐작했다. 세 사람이 매표소 앞에서 가볍게 인사를 나눈다. 거리가 멀어 무슨 이야기를 하는지는 알 수 없다.

정거장에 걸린 시계를 보니 오 분만 있으면 기차 시간이다. 빨리 기차가 오기를 바랐다. 이야기할 상대가 없어지니 기다리는 시간이 더 길게 느껴진다. 그러는 사이 또 한 사람이 황급히 정거장으로 뛰어 들어온다. 빨강셔츠다. 흐르르한 비단 옷에 허리띠를 느슨하게 둘러매고 늘 그렇듯 금 시곗줄을 늘어뜨리고 있다. 저 금줄은 가짜다. 빨강셔츠는 아무도 모르는 줄 알고 허세를 부리지만 나는 훤히 알고 있다. 빨강셔츠는 뛰어 들어오자마자 주위를 두리번거린다. 매표소 앞에서 이야기를 나누는 세 사람에게 정중하게 고개 숙여 인사하고 뭔가 두세 마디 말을 건네는가 싶더니 갑자기 나를 향해 언제나처럼 고양이 걸음으로 다가왔다.

"아, 자네도 온천에 가는가? 기차를 놓칠세라 서둘러 왔는데 아직 삼사 분 남았군. 저 시계가 맞으려나."

자기 금시계를 꺼내 보고는 이 분 정도 틀리다고 말하며 내옆에 걸터앉았다. 여자 쪽은 전혀 보지 않고 지팡이 위에 턱을 괴고 정면만 쳐다본다. 노부인은 때때로 빨강셔츠를 쳐다보지만 젊은 여인은 옆으로 시선을 돌린 채 움직이지 않았다. 마돈나가 틀림없다.

드디어 피익피익 기적을 울리며 기차가 당도했다. 기다리던 사람들이 종종거리며 남에게 뒤질세라 기차에 오른다. 빨강셔츠가 제일 먼저 일등실에 올라탔다. 일등실에 탄다고 해서 잘난 척할 일은 아니다. 스미타까지 일등실이 5전이고 이등실이 3전이니까 불과 2전 차이다. 나 같은 인사조차 큰마음 먹고 일등실에 타려고 흰색 표를 쥐고 있는 것만 봐도 알 수 있다. 그러나 시골뜨기들은 구두쇠라 단돈 2전에도 무척 신경을 쓰는 모양인지 대개 이등실을 탄다. 빨강셔츠에 이어 마돈나와 마돈나의 어머니가 일등실로 들어갔다. 끝물호박은 판에 박은 듯 이등실만 타는 사람이다. 그는 이등실 입구에 서서 왠지 주저하는 듯했지만, 내 얼굴을 보자마자 에라 모르겠다는 듯 이등실로 뛰어들었다. 나는 이때 어쩐지 가엾은 마음이 굴뚝같이 솟구친 나머지 끝물호박을 따라 금세 같은 칸에 올라

탔다. 일등실 표를 갖고 이등실에 탄 것이니 딱히 꼬투리 잡힐 일은 없겠지.

온천에 도착해 3층에서 유카타를 걸치고 탕으로 내려갔다가 다시 끝물호박과 만났다. 나는 회의 같은 자리에서 흥분하면 말문이 막히는 사람이다. 하지만 평상시에는 꽤 수다스러운 편이기 때문에 탕 안에서 끝물호박과 이런저런 이야기를 나누었다. 어쩐지 가여워 견딜 수 없었다. 이럴 때 한마디라도 상대의 마음을 어루만져 주는 것이 에도 토박이가 해야 할 일이다. 그렇지만 안타깝게도 끝물호박은 내 마음도 몰라주고 순순히 그럴 기회를 주지 않는다. 무슨 말을 하든지 ‘네’ 아니면 ‘아니오’라고만 한다. 더구나 ‘네’, ‘아니오’조차 성가신 것처럼 보인다. 결국 대화가 끊기고 침묵이 흐르자 더는 말을 걸지 않았다.

탕에서는 빨강셔츠와 마주치지 않았다. 원체 탕이 여러 개다 보니 같은 기차를 타고 와도 탕에서 만난다는 보장은 없다. 그다지 이상한 일도 아니라고 생각했다. 목욕하고 나오니 달이 환하다. 길 양쪽으로 버드나무가 심겨 있는데, 버드나무 가지가 오고 가는 길 한가운데에 둥그런 그림자를 드리우고 있다. 잠시 산책이나 해 보자. 북쪽으로 올라가 마을 끝까지가 보니 왼쪽에 커다란 문이 있고 문 안쪽 막다른 곳에는 절이 있는데, 그 양편으로 좌우에는 기생집이 있다.

산문(山門) 안에 유곽이 있다니 생전 듣지도 보지도 못했다. 살짝 들어가 보고 싶지만 회의 때 또다시 너구리에게 망신을 당할지도 모르니까 그냥 지나치기로 했다. 산문 옆, 검은

발을 치고 작은 격자창을 낸 단층집은 내가 경단을 사 먹고 낭패를 본 곳이다. '단팥죽, 떡국'이라고 적힌 둥그런 초롱이 드리워져 있고, 초롱불이 처마 끝 가까이 있는 한 그루 버드나무 가지를 비추고 있다. 먹고 싶은 생각이 굴뚝같았지만 참고 지나쳤다.

먹고 싶은 경단을 먹을 수 없다니 한심스럽다. 그러나 약혼녀의 변심은 더욱 한심스럽다. 끝물호박을 생각하면 경단은커녕 사흘쯤 굶어도 불평이 나올 것 같지 않다. 정말 인간만큼 믿지 못할 것이 있을까. 얼굴을 보면 도저히 그렇게 몰인정한 짓을 저지를 수 없을 것 같은데……. 아름다운 사람이 몰인정하고, 불어 터진 동과(冬瓜) 같은 고가선생이 선량한 군자인 것을 보면 방심은 금물이다. 담백한 성격이라고 생각한 산미치광이는 학생을 선동했다고 한다. 그래서 학생을 선동한 작자인 줄 알았더니 학생들을 처벌하라고 교장을 압박했다. 밉상으로 똘똘 뭉친 빨강셔츠는 뜻밖에 친절하게 다가와 행동을 조심하라고 알려 주는가 싶었더니 마돈나를 꾀어내고, 그렇게 마돈나를 꾀어냈는가 싶었더니 끝물호박이 파혼하지 않으면 결혼하지 않겠다고 한다. 이카긴은 트집을 잡아 나를 쫓아내더니 금방 알랑쇠를 하숙생으로 받아들였다. 참으로 알다가도 모를 노릇이다. 이런 일을 할멈에게 편지로 적어 보내면 필시 놀라 자빠질 것이다. 하코네 저편에는 흉측한 도깨비들이 몰려 있다고 말할지도 모른다.

나는 원래 일일이 마음 쓰는 성격이 아니어서 여직 별다른 고충 없이 살아왔다. 그런데 이곳에 온 지 겨우 한 달쯤 지났을까 말까 하는 사이에 갑자기 세상이 뒤숭숭하게 느껴졌다. 그다지 눈에 띄는 대단한 사건도 없었는데 벌써 오륙 년쯤 지난 것 같다. 빨리 때려치우고 도쿄로 돌아가는 것이 최선일 듯하다. 이런 생각을 연이어 떠올리는 사이에 어느새 돌다리를 건너 노제리 강둑까지 왔다. 강이라고 하면 그럴듯하게 들리지만 실은 폭이 한 간(약 1.8미터) 정도에 물이 졸졸 흐르고 있다. 둑을 따라 열두 정(약 1308미터)쯤 내려가면 아이오이 마을이 나온다. 마을에는 관음상이 있다.

온천 마을을 돌아보니 붉은 등이 달빛 속에서 빛나고 있다. 큰북이 울리는 곳은 분명 유곽일 것이다. 강은 얕지만 흐름이 빨라 물이 신경질을 내는 것처럼 무척 반짝거린다. 어슬렁어슬렁 둑 위를 걸으며 세 정(약 327미터)쯤 왔다고 생각했을 때 저쪽에서 사람 그림자가 보이기 시작했다. 달빛에 비치는 그림자는 둘이다. 온천에 왔다가 마을로 돌아가는 젊은이들일지도 모른다. 그런 것치고는 노래도 부르지 않는다. 의외로 조용하다.

더 앞으로 걸어갔더니 내 걸음이 빠른 탓인지 두 사람의 그림자가 점점 커진다. 한 사람은 여자 같다. 열 간(약 18미터)쯤으로 거리가 좁혀졌을 때 남자가 내 발소리를 듣고 급작스레 돌아봤다. 달빛은 뒤에서 비추고 있었다. 그때 남자의 모습을 보고 혹시나 했다. 남자와 여자는 다시 원래대로 걷기 시작했다. 나는 생각이 있어 갑자기 전속력으로 쫓아갔다. 상대는 아무 기척도 느끼지 못하고 처음처럼 느긋하게 발걸음을 옮겼다. 이제 이야기 소리도 손에 잡힐 듯 잘 들린다.

둑은 폭이 여섯 자(약 180센티미터) 정도로 나란히 걸으면
세 사람이 겨우 걸을 수 있다. 나는 주저하지 않고 뒤를 따라
가다 남자의 소매를 스치고 지나가 두 걸음을 앞지른 다음 뒤
꿈치를 휙 돌려 남자의 얼굴을 쳐다봤다. 달빛은 짧게 깎은 머
리부터 뺨 언저리까지 내 정면을 여지없이 비춘다. 남자는 앗
하고 낮은 소리를 내더니 갑자기 외면하며 그만 돌아가자고
여자를 재촉해 온천 마을 쪽으로 되돌아갔다.

빨강셔츠는 유들유들하게 발뺌을 하려 했을까. 아니면 소심
한 탓에 인사도 제대로 못 한 것일까. 동네가 좁아 곤란한 사람
은 나뿐만이 아니었다.

8

빨강셔츠의 권유로 낚시를 다녀온 다음부터 산미치광이를 의심하기 시작했다. 없는 일을 트집 잡아 하숙집에서 나가라고 했을 때는 괘씸한 놈이라고 생각했다. 그런데 회의에서 짐작과 달리 당당하게 학생 엄벌론을 주장했기 때문에 이상하다고 고개를 갸웃거렸다. 하기노 할머니에게 산미치광이가 끝물호박을 위해 빨강셔츠와 담판을 지었다는 이야기를 들었을 때는 그것 참 탄복할 만하다고 박수 쳤다. 이런 식이라면 나쁜 놈은 산미치광이가 아니다. 빨강셔츠가 틀려먹은 놈이다. 확실하지도 않은 추측을 진실인 것처럼, 그것도 에둘러 내 머릿속에 집어넣은 것은 아닐까 하는 의심이 들었다.

그러던 참에 노제리 강둑에서 마돈나를 데리고 산책하는 빨강셔츠를 목격했다. 그 뒤로 빨강셔츠는 수상쩍은 놈이라고 결론 내렸다. 수상쩍은 놈인지 뭔지 정체는 잘 모르겠지만, 여하튼 착한 사내는 아니다. 겉과 속이 다른 남자다. 인간은 대나무처럼 올곧지 않으면 믿음직스럽지 못하다. 올곧은 사람과는 싸우더라도 마음이 개운하다. 빨강셔츠처럼 상냥하고 친절하고 고상한 척하면서 호박 파이프를 자랑스럽게 뽐내는 놈은 방심할 수 없다. 여간해서는 싸울 수 없을 것 같다. 싸운다 해도 에코인 절의 씨름 대회[29] 같은 상쾌한 싸움은 할 수 없을 것이다.

그러고 보면 1전 5리 때문에 교무실 전체를 놀랜 말다툼의 상대 산미치광이가 훨씬 인간답다. 회의 때 옴팡눈을 굴리면서 나를 노려봤을 때는 밉살스럽다고 생각했지만, 나중에 생각해 보니 그것도 지근덕거리는 빨강셔츠의 간사한 목소리보다 훨씬 낫다. 실은 그 회의가 끝난 다음에 웬만하면 화해를 청할까 했다. 그래서 한두 마디 말을 붙여 봤지만 그 녀석은 대꾸도 하지 않고 눈만 부라렸다. 나도 부아가 치밀어 그만두었다.

그 뒤로 산미치광이는 나와 말을 섞지 않는다. 책상 위로 밀어 놓은 1전 5리는 아직도 그대로 있다. 먼지를 뒤집어쓰고 그 자리에 있다. 물론 내가 도로 가져올 수도 없고, 산미치광이도 절대로 가져가지 않는다. 이 1전 5리가 두 사람 사이의 장벽으로 버티고 있어 말을 걸고 싶어도 걸 수 없다. 산미치광이는 고집스럽게 입을 꾹 다물고 있다. 나와 산미치광이 사이

---

29) 에코인(回向院)은 도쿄에 있는 정토종의 절이다. 1768년부터 1909년까지 씨름 대회가 열렸다. 이 기간 동안의 씨름을 '에코인 씨름'이라고 한다.

에는 이 1전 5리가 화근이었다. 급기야 학교에 나가 1전 5리를 쳐다보는 것이 고역이었다.

산미치광이와는 절교 상태가 이어지는 한편, 빨강셔츠와는 여전히 기존 관계를 유지하며 계속 교제하고 있다. 노제리 강에서 만난 다음 날 그는 학교에 나오자마자 제일 처음 내 곁으로 다가왔다.

"자네, 이번 하숙집은 괜찮은가?"

"다음에도 함께 러시아 문학을 낚으러 가지 않겠나?"

이런저런 말을 건넨다. 나는 그것이 살짝 밉상스러웠다.

"엊저녁에는 두 번이나 뵀네요."

"글쎄 말일세. 정거장에서……. 자네는 언제나 그맘때 외출하는가? 늦은 시각이 아닌가?"

"노제리 강둑에서도 만나지 않았습니까?"

나는 면박을 줬다.

"아니, 그쪽으로는 가지 않았네. 온천에 갔다가 금방 집으로 돌아갔거든."

흠, 굳이 그렇게까지 숨기지 않아도 될 일이다. 현장에서 딱 만나지 않았는가. 거짓말도 참 잘하는 놈이다. 이러고도 중학교 교감을 해 먹을 수 있다면 나는 대학 총장이라도 하겠다. 나는 이때부터 점점 더 빨강셔츠를 신용하지 않았다. 신용하지 않는 빨강셔츠와는 대화를 나누지만, 속으로 탄복하고 있는 산미치광이와는 아무 말도 하지 않는다. 세상이란 기묘하기 짝이 없다.

어느 날 빨강셔츠가 할 이야기가 있다며 자기 집으로 와 달라고 했다. 짜증이 일었지만 온천을 포기하고 4시쯤 찾아갔다. 빨강셔츠는 독신이었지만 교감인 만큼 일찌감치 하숙 생활을 졸업하고 지금은 현관이 훌륭한 집에 살았다. 집세가 9엔 50전이라고 한다. 시골에 와서 9엔 50전을 내고 이런 집에 살 수 있다면 나도 좀 더 분발해 할멈을 도쿄에서 데려와 기쁘게 해 줘야겠다고 생각할 만큼 훌륭한 현관이었다.

"안에 누구 계십니까?" 문을 두드렸더니 빨강셔츠의 아우가 맞아 준다. 이 동생은 학교에서 내게 대수와 산술을 배우고 있는데 성적이 나쁘다. 그런 주제에 도시에서 자란 뺀질이라 시골에서 나고 자란 촌뜨기보다 질이 더 나쁘다.

빨강셔츠를 만나 용건을 물으니, 그놈은 예의 호박 파이프로 놓는 냄새가 나는 담배를 피우면서 이런 말을 했다.

"자네가 오고 나서 전임자 때보다 성적이 올랐네. 교장 선생님도 실력 있는 선생님이 와 줬다고 아주 기뻐하고 있어. 모쪼록 학교도 자네를 신뢰하고 있으니 그리 알고 애써 주면 좋겠네."

"네, 그렇습니까? 애써 달라고 하셔도 지금보다 더 잘할 수는 없는데요."

"지금처럼만 해 주면 충분하네. 단지 저번에 한 이야기가 있지 않은가. 그것만 잊지 말아 줬으면 하네."

"하숙집을 알선해 주는 사람은 위험하다는 말씀 말입니까?"

"그렇게 노골적으로 말하면 굳이 말할 일도 아니네만……뭐 상관없네, 자네에게도 말뜻은 잘 통했으리라고 생각하니까. 자네가 지금처럼 노력해 준다면, 학교에서도 지켜보고 있는 만큼 조금 형편이 나아지는 대로 다소 어떻게든 대우도 달라질 것으로 보네."

"아, 봉급 말인가요? 봉급이야 얼마를 받든 상관없지만 올라가는 편이 좋겠지요."

"그런데 마침 이번에 전근 가는 사람이 한 사람 있으니까…… 교장 선생님과 의논해 보지 않는 바에야 물론 장담할 수 없겠지만, 봉급을 좀 융통할 수 있을지도 모르겠네. 그래서 자네 봉급이 올라가도록 교장 선생님에게 이야기해 보려고 생각 중이네."

"감사합니다. 그런데 전근 가는 사람이 누구인데요?"

"곧 발표가 날 테니 말해 줘도 상관없겠지. 실은 고가 선생이네."

"고가 선생이라고요? 이 고장 사람이 아닙니까?"

"이곳 사람이기는 해도 좀 사정이 있어서…… 반쯤은 본인 희망이라네."

"어디로 갑니까?"

"휴가의 노베오카라는 곳일세. 장소가 장소인 만큼 호봉 하나를 올려 가게 됐네."

"그럼 누가 대신 오는데요?"

"후임자도 대강은 정해졌지. 후임이 어떤 조건으로 오는가에 따라 자네의 대우도 정해질 거야."

"네에, 그렇군요. 그렇지만 무리해서 제 봉급을 올려 주지 않아도 됩니다."

"어쨌든 나는 교장 선생님께 말씀드릴 생각이네. 교장 선생님도 동의해 줄 것 같기는 해. 그만큼 자네가 일을 더 해 줘야 할지도 모르지만……. 아무쪼록 지금부터 그런 각오로 임해 주면 좋겠네."

"지금보다 수업 시간이 늘어나는 겁니까?"

"아니, 시간은 줄어들지도 모르겠으나……."

"시간은 줄어드는데 일은 더 해야 한다니요? 그 참 알쏭달쏭하네요."

"얼핏 듣기에는 묘하겠지……. 확실하게 말하기 어렵지만…… 그러니까 말하자면 자네에게 더 중대한 책임을 맡길지도 모른다는 뜻일세."

무슨 말인지 좀처럼 알아들을 수 없다. 지금보다 더 중대한 책임이라고 하면 수학 주임인데, 주임은 산미치광이가 맡고 있다. 녀석은 결코 사직할 낌새가 없다. 게다가 학생들에게 인망이 두터워 전근이나 면직은 학교에도 득이 될 리 없다.

빨강셔츠의 말은 언제나 요령부득이다. 요령부득이지만 용건은 이것으로 끝났다. 그 뒤로 빨강셔츠는 잠시 잡담을 나누는 동안 끝물호박의 송별회를 연다는 말도 하고, 내게 술을 잘하느냐고 묻기도 했다. 또 끝물호박은 군자의 인품이라 경애해야 할 사람이라는 말도 했다. 마지막에는 화제를 돌려 "자네, 하이쿠를 짓는가?" 하고 물었다.

"하이쿠는 못 합니다. 안녕히 계십시오."

큰일이다 싶어 허둥지둥 돌아왔다. 하이쿠의 첫 구는 바쇼나 이발소 주인이 먼저 치는 법[30]이다. 나 같은 수학 선생이

---

30) 예전에는 이발소 주인이 하이쿠를 자주 지어 '이발소 하이쿠'라는 것도

어떻게 "나팔꽃이 두레박을 먼저 차지했구나."[31] 같은 시구를
읊을까 보냐.

　하숙으로 돌아와 생각에 잠겼다. 세상에는 아무리 해도 속
을 알 수 없는 사내가 있다. 집도 있고, 근무하는 학교도 있
고, 무엇 하나 부족할 것 없는데, 고향이 싫어졌다며 낯선 타
향으로 고생을 자처해 떠난다. 전차가 다니는 화려한 도시라
면 그런가 보다 하겠지만, 휴가의 노베오카라니 도대체 무슨
말이냐. 나는 선착장이 좋은 이곳에 온 지 한 달이 채 지나지
않았는데도 벌써 도쿄로 돌아가고 싶은데 말이다. 노베오카
는 산골 중에도 첩첩산중이다. 빨강셔츠가 말하는 바에 따르
면, 배에서 내려 하루 동안 마차를 타고 미야자키까지 간 다
음, 미야자키에서 수레로 하루를 더 가야만 하는 곳이라고 한
다. 이름만 들어도 개화한 곳이라는 생각이 들지 않는다. 원
숭이와 사람이 반반씩 섞여 사는 곳 같다. 아무리 성인군자인
끝물호박이라고 해도 얼씨구절씨구 신이 나서 원숭이의 상대
가 되고 싶지는 않을 것이다. 유별난 것에도 정도가 있지.

　그러는 사이에 변함없이 할머니가 저녁밥을 들고 들어온다.

"오늘도 또 고구마예요?"

"아니에유. 오늘은 두부로 준비했어유."

흥, 그 나물에 그 밥이다.

"할머니, 고가 선생이 휴가로 떠난다고 하던데요."

있었다.

31) 가가노 지요조(加賀千代女, 1703~1775)의 하이쿠 "나팔꽃에 두레박 빼
앗겨 얻어먹는 물."을 비튼 표현.

"참으로 가엾지 뭐유."

"가엾다니요? 자기가 원해 가는 것이니 어쩔 수 없잖아요."

"원해서 가다니 누가 그러던가유?"

"누가 그러다니요? 본인이 그러지요. 고가 선생 취향이 유별나서 부러 가는 것이 아닙니까?"

"아이고, 무슨 말이래유? 잘못 짚어도 크게 잘못 짚었어유."

"잘못 짚었다고요? 좀 전에 교감 선생이 그렇게 말하던걸요. 만약 내 말이 착각이라면 교감은 거짓말쟁이에 허풍쟁이겠지요."

"교감 선생님이 그렇게 말씀하시는 것은 당연하지유. 고가 선생이 떠나고 싶지 않은 것도 당연하구유."

"그러면 둘 다 당연하다는 말이네요. 할머니는 공평하기도 하시지. 도대체 어떻게 된 일인가요?"

"오늘 아침 고가 선생의 어머님이 오셔서 사정을 들었지 뭐예유."

"어떤 사정인데요?"

"그 댁도 아버님이 돌아가시고 나서부터는 우리가 생각하는 만큼 풍족하기는커녕 살림이 빠듯하신 모양이에유. 그래서 어머님이 교장 선생님께 부탁하셨다지유. 벌써 사 년이나 다니고 있으니께 부디 매달 받는 월급을 조금 올려 달라고 말이에유."

"흠, 그랬군요."

"교장 선생님이 잘 생각해 보겠다고 하셨대유. 그래서 어머님이 안심하고 이제 월급이 올랐다는 소식이 오겠지 하고, 이

달일까 내달일까 목을 길게 빼고 학수고대하고 계셨다지유. 그런데 교장 선생님이 잠깐 와 보라고 고가 선생님을 부르더래유. 그래 가 보니까 딱하게도 학교에 돈이 부족하니 월급을 올려 줄 수 없다고 하더라지유. 그런데 마침 노베오카에 빈자리가 있다는 소식을 듣고, 그곳이라면 매달 5엔 남짓을 받을 수 있으니 원하는 대로 되겠다는 생각에 수속을 밟아 두었으니 그곳으로 가면 어떻겠느냐고 하더래유.”

“그럼 의논이 아니라 명령이잖아요?”

“그렇지유. 고가 선생은 외지로 나가 월급을 더 받기보다는 지금 그대로 받아도 좋으니 여기에 있고 싶다고 했대유. 집도 있고 어머니고 계시니까유. 그렇게 간청해 봤지만 이미 결정 난 일이고, 고가 선생님 후임으로 올 사람도 정해져서 어쩔 수 없다고 교장 선생님이 말씀하셨대유.”

“흥, 사람을 바보 취급하다니 몹쓸 짓이네요. 그럼 고가 선생은 떠날 마음이 없는 것이로군요. 어쩐지 이상하다 싶더라니. 월급이 5엔 오른다고 그런 산골짜기에 원숭이를 상대하러 가는 벽창호 같은 사람은 없을 테니까요.”

“벽창호라니, 선생님, 그게 뭔감유?”

“그게 뭐든 상관없지요. 이제 보니 순전히 교감 선생의 책략이군요. 좋지 않은 수법이에요. 살살 속여서 뒤통수를 치는 게 아니고 뭡니까. 그래서 내 월급을 올려 준다고 했군. 그런 말도 안 되는 일이 어디 있담. 올려 준다고 하면 누가 그까짓 돈을 받을 줄 알고!”

“선생님은 월급이 오르는가유?”

"올려 준다고 했지만 거절하려고 합니다."

"왜 거절하려고 하세유?"

"무조건 거절이지요. 할머니, 교감이라는 놈은 멍청해요. 비겁하고요."

"비겁하다고 해도 월급을 올려 준다고 하면 얌전하게 받는 것이 득이잖아유. 젊을 때는 욱하고 화도 잘 나지만, 나이 먹고 나서 생각해 보면 '조금만 참을걸. 아까운 노릇이다.' 하는 법이지유. '괜히 화내서 손해를 봤구나.' 하고 후회하는 게 보통이에유. 이 할멈 말 듣고, 교감 선생님이 '월급을 올려 주마.' 하면 군말 말고 '감사합니다.' 하고 받아 두시지유."

"할머니는 쓸데없는 참견일랑 하지 마세요. 늘어나든 깎이든 내 월급이니까."

할머니는 입을 다물고 물러갔다. 할아버지는 태평한 목소리로 창을 부르고 있다. 읽으면 알 수 있는 것을 일부러 어려운 가락을 붙여 알아듣지 못하게 하는 기술이 창이라는 것인가 보다. 그런 것을 매일 밤 질리지도 않고 흥얼거리는 할아버지의 속을 알 수 없다. 나는 창 따위에 마음을 쓸 기분이 아니다. 월급을 올려 달라고 딱히 원한 것도 아니다. 다만 남아도는 돈을 괜히 거절할 필요가 없을 것 같아 그렇게 하라고 승낙했을 따름이다.

전근 가고 싶지 않은 사람을 강제로 전근시키는 주제에 그 사람 월급에서 일부를 떼어 주려고 하다니! 그렇게 몰인정한 짓을 어떻게 저지를 수 있을까. 본인은 예전 월급 그대로 받아도 좋다는데도 굳이 노베오카 촌구석으로 내려보내는 것은 도대체 무슨 경우인가. 좌천 당한 다자이후의 관리[32]조차 하카타[33] 근처에 정착했고, 죄를 지은 가와이 마타고로[34]도 구마모토 사가라에 머무르지 않았던가. 여하튼 빨강셔츠를 찾아가 거절하고 오지 않으면 마음이 개운하지 못하겠다.

두꺼운 무명으로 만든 하카마를 입고 다시 외출했다. 커다란 현관에 버티고 서서 문을 열어 달라고 했더니 아까처럼 빨강셔츠의 동생이 나왔다. 내 얼굴을 보더니 또 왔느냐는 눈길을 보낸다. 볼일이 있으면 두 번이고 세 번이고 올 수 있는 법이지. 한밤중이라도 문을 두드려 깨울 수 있다. 교감 선생님 댁에 문안이라도 드리러 왔다고 착각이라도 한 것이냐. 이래봬도 월급을 올려 줄 필요 없다고 무르러 온 것이다. 동생이 지금 안에 손님이 와 있다고 한다. 현관이라도 상관없으니 잠깐만 만나고 싶다고 하니까 그가 안으로 들어갔다. 발밑을 보니까 왕골을 엮어 바닥을 댄 얇은 나막신이 있다. 안에서 "이제 만세군요." 하는 소리가 들린다. 손님이 왔다더니 알랑쇠구나 하고 눈치챘다. 알랑쇠가 아니면 누가 저런 간드러진 소리를 내겠으며, 광대들이 신는 나막신을 신겠는가.

조금 있으니 빨강셔츠가 램프를 들고 현관까지 나왔다.

---

32) 다자이후(大宰府)는 지금의 규슈. 여기서 말하는 관리는 헤이안 시대의 충신 스가와라노 미치자네(菅原道真, 845~903)로, 모함을 받아 규슈의 관리로 쫓겨났다.

33) 규슈 북부의 도시. 지금의 후쿠오카.

34) 가와이 마타고로(河合又五郎, 1615~1634). 오카야마 번의 무사로, 동료인 와타나베 가즈마의 동생을 살해했다. 가즈마와 그의 의형인 아라키 마타우에몬의 칼에 쓰러졌다.

“자, 들어오게, 모르는 사람도 아니잖나. 요시카와 군이라
네.”

“아닙니다. 여기에서 말씀드리겠습니다. 저는 잠깐이면 되니
까요.”

빨강셔츠의 얼굴을 쳐다보니 긴토키[35] 같다. 알랑쇠와 술
을 한잔 마시고 있는 것 같다.

“아까 제 월급을 올려 준다고 하셨는데, 좀 생각이 달라졌
기에 거절하려고 왔습니다.”

빨강셔츠는 램프를 앞으로 내밀고 안쪽에서 내 얼굴을 들
여다보고 있다가 졸지에 할 말을 잃고 망연해 있다. 세상에 월
급을 올려 준다는데 거절하는 놈이 단 한 명 튀어나온 것을
의아하게 생각했는지, 아니면 거절하려는 생각이 들었다 해도
방금 집으로 돌아간 놈이 득달같이 되돌아왔다는 것에 질렸
는지, 아니면 두 가지 생각이 다 들었는지 입을 실룩이며 우
뚝 서 있다.

“아까 그러마고 한 것은 고가 선생이 자진해서 전근을 간다
고 말씀하셨기 때문인데……”

“고가 선생은 본인이 희망해서 중도에 전근을 가는 것이라
네.”

“그렇지 않습니다. 여기에 있고 싶어 해요. 월급은 그대로여
도 좋으니까 고향에 남고 싶다고 합니다.”

---

35) 사카타노 긴토키(坂田金時). 옛 이야기에 나오는 전설적인 영웅. 혈색이
좋고 살이 토실토실 쪘다고 한다.

"고가 선생이 그러든가?"

"본인에게 들은 말은 아닙니다."

"그럼 누구에게 들었단 말인가?"

"우리 하숙집 할머니가 고가 선생의 어머님께 들은 이야기를 오늘 나한테 해 줬습니다."

"그럼 하숙집 할머니가 그렇게 말한 것이로군."

"말하자면 그렇지요."

"미안한 말이지만 그건 좀 아닌 것 같네. 자네 말대로라면 하숙집 할머니 말은 믿고 교감인 내 말은 믿지 않는다는 걸로 들리는데, 그런 뜻으로 해석해도 되겠는가?"

나는 좀 난처했다. 문학사라더니 과연 잘났다. 약점을 꼬집어 깐족깐족 밀어붙인다. 아버지가 나를 두고 곧잘 "너는 덜렁거려서 못쓰겠다, 못쓰겠어." 하셨는데, 역시 나란 놈은 덜렁거리는 모양이다. 할머니 이야기를 듣고 깜짝 놀라 뛰쳐나왔지만, 실은 끝물호박이나 끝물호박의 어머님을 만나 자세한 사정을 물어보지는 않았다. 그러니까 이렇게 말 잘하는 문학사가 칼을 벼리고 들어오면 제대로 대처하기 힘들다.

정면으로 받아넘기기는 힘들지만, 난 이미 마음속으로 빨강셔츠에게 불신임을 선고했다. 하숙집 할머니도 노랑이 욕심쟁이임에 틀림없지만 거짓말은 하지 않는다. 빨강셔츠처럼 겉 다르고 속 다르지는 않다. 나는 하는 수 없이 이렇게 대답했다.

"교감 선생님 말씀이 사실일지도 모르겠지만…… 여하튼 월급을 올려 주시겠다는 제안은 고사하겠습니다."

"아 그것참, 딱한 일일세. 지금 자네가 일부러 여기까지 달려
온 까닭은 양심상 월급이 올라가는 것을 참을 수 없는 이유를
찾아냈기 때문이라는 소리처럼 들렸네만. 내 설명으로 그렇게
할 이유가 없어졌는데도 거절하는 것은 좀 이해하기 어렵군."

"이해하시기 어려울지도 모르겠지만, 어쨌든 거절하겠습
니다."

"그렇게 싫다면 굳이 강요하지는 않겠지만, 두세 시간밖에
안 되는 사이에 특별한 이유도 없이 태도를 표변해서야 앞으
로 자네를 어떻게 신용하겠나?"

"신용하지 않으셔도 상관없습니다."

"그럴 수야 있나. 인간에게 신용만큼 중요한 것은 없을 테니
까 말일세. 설사 지금 한발 양보해서 하숙집 주인이……."

"주인이 아닙니다. 할머니예요."

"누구든 상관없네. 하숙집 할머니가 자네에게 한 이야기
가 사실이라고 치더라도, 고가 선생의 월급을 깎은 대가로 자
네의 월급이 올라가는 것은 아닐세. 고가 선생은 노베오카에
갈 것이고 그 대신 다른 사람이 오겠지. 그 사람이 고가 선생
보다 다소 월급이 적기 때문에 남는 몫을 자네에게 주는 것
이네. 따라서 자네는 누구에게도 미안해할 필요가 없어. 고가
선생은 노베오카에서 지금보다 승진할 테고, 신임 선생은 처
음 약속한 대로 적은 월급을 받기로 하고 오는 것이네. 그렇게
해서 자네 월급이 오른다면 이만큼 합리적인 일은 없다는 생
각이 드는데 말일세. 싫다면 할 수 없지만, 집에 돌아가 다시
한 번 잘 생각해 보지 않겠나?"

나는 머리가 별로 좋지 않기 때문에 다른 때 같으면 상대방이 이런 교묘한 변설을 늘어놓을 때 '이크, 그런가? 그러면 내가 틀린 건가?' 하고 기가 죽어 물러섰을 것이다. 그러나 오늘 밤은 그렇게 못 한다. 이곳에 부임해 왔을 때 처음부터 어쩐지 빨강셔츠가 마음에 들지 않았다. 도중에 친절한 계집애 같은 남자라고 생각을 고쳐먹은 적이 있기는 해도, 결국은 그것이 친절도 아니고 아무것도 아닌 것 같아 그 반동으로 지금은 꽤나 싫어졌다. 그래서 상대가 아무리 요란하게 논리적으로 변론을 설파한다 해도, 당당한 교감 선생의 모습으로 나를 끽소리 못 하게 하려 윽박질러도, 그런 것쯤은 아무래도 상관없다.

말재주가 뛰어나다고 해서 꼭 좋은 사람은 아니다. 꼼짝 못 하고 당하는 쪽이 나쁜 사람이라고도 할 수 없다. 겉으로 보면 빨강셔츠가 여간 그럴듯해 보이지 않지만, 겉모습이 아무리 훌륭하다고 해서 속까지 마음에 들게 만들 수는 없다. 돈이나 권력이나 논리로 인간의 마음을 살 수 있다면 고리대금업자나 순경이나 대학교수가 사람들에게 제일 호감을 사야 할 것이다. 중학교 교감 수준의 논법으로 내 마음을 어떻게 움직일쏘냐. 인간은 좋고 싫음으로 움직이는 법이다. 논법으로 움직이는 존재가 아니다.

"교감 선생님이 하시는 말씀은 맞습니다만, 월급을 올려 받는 것이 싫어졌으니까 여하튼 거절하겠습니다. 생각해 본들 달라지지 않아요. 안녕히 계십시오."

나는 이렇게 말하고 대문을 나섰다. 머리 위에는 은하수가 한줄기 걸려 있었다.

9

끝물호박의 송별회가 있는 날 아침, 학교에 나가 보니 산미치광이가 갑자기 긴 변명을 늘어놓으며 내게 잘못을 빌었다.

"이보게. 저번에 이카긴이 와서 말하기를, 자네가 난폭하게 굴어 곤란하니 하숙을 나가도록 이야기해 달라고 부탁했네. 그 말을 곧이듣고 자네에게 하숙을 나가 달라고 말한 것인데, 나중에 들어 보니 정작 나쁜 놈은 그놈이더군. 위조한 글씨에 거짓 낙관을 찍어 강매한다고 하니, 자네에 관한 이야기도 거짓말임에 틀림없어. 자네한테 족자나 골동품을 팔아 장사해 먹으려는 심보였겠지. 그런데 자네가 응해 주지 않자 돈벌이도 시원찮고 하니 그런 거짓말을 둘러댔을 것이네. 어떤 작자인지 알아보지도 않고 내가 자네에게 정말 크나큰 실례를 저질렀네. 부디 용서해 주게."

나는 아무 말도 하지 않은 채 산미치광이 책상에 놓여 있
던 1전 5리를 가져와 내 지갑에 넣었다.

"자네, 그 돈, 도로 가져가는 겐가?"

산미치광이가 의아한 듯 물었다.

"그래. 자네에게 얻어먹은 것이 싫어 꼭 돌려주려고 작정했
지만, 곰곰 생각해 보니 역시 얻어먹는 편이 나을 것 같아 도
로 집어넣는 것일세."

산미치광이는 내 설명을 듣더니 아하하하 하고 호탕하게
웃었다.

"그럼 왜 진즉에 집어넣지 않았어?"

"실은 집어넣자, 집어넣자 생각했지만, 어쩐지 민망하기에
그대로 두었을 뿐이야. 요즘은 학교에 와서 1전 5리를 보는 것
이 괴로울 정도로 싫었어."

"어지간히 지는 것을 싫어하는 사내로구나."

"자네도 어지간히 고집쟁이면서, 뭘……."

나도 지지 않고 대꾸해 줬다. 그러고 나서 우리 두 사람 사
이에 이런 문답이 오고 갔다.

"대체 어디 출신인가?"

"에도 토박이야."

"흠, 에도 토박이로군. 어쩐지 지기 싫어하는 성격이 남다르
다고 생각했지."

"자네는 어디인데?"

"나는 아이즈[36]일세."

"이크, 아이즈였군. 그러니 고집쟁이일밖에. 오늘 송별회에

는 갈 셈인가?”

“가고말고. 자네는?”

“나도 물론 갈 거야. 고가 선생이 떠나는 날에는 항구까지 배웅하러 나갈까 하던 참인걸.”

“송별회는 재미있을 거야. 나가 보게. 나도 오늘은 실컷 마실 생각이야.”

“마음대로 마시게. 나는 밥만 먹고 바로 돌아가겠어. 술 따위나 마시는 놈은 바보니까.”

“걸핏하면 싸움을 걸어오는 사내로군. 과연 경박한 에도 토박이의 분위기가 흠씬 풍겨.”

“뭐라고 해도 좋아. 송별회에 가기 전에 잠깐 하숙집에 들러 줘. 할 이야기가 있으니까.”

산미치광이는 약속대로 하숙집에 들렀다. 나는 지난번부터 끝물호박의 얼굴을 볼 때마다 가엾어 견딜 수 없었는데, 드디어 송별의 날이 다가오자 어쩐지 애처로웠다. 할 수만 있다면 내가 대신 가 주고 싶은 생각마저 들었다. 그래서 송별회 석상에서 화려한 연설이라도 들려주며 성대하게 환송하고 싶었다. 하지만 놀림당하기 일쑤인 내 말솜씨로는 도저히 안 될 것 같아 목소리가 우렁찬 산미치광이에게 빨강셔츠의 간담을 서늘하게 해 달라고 부탁할 생각이 들었다. 그래서 일부러 산미치광이를 부른 것이었다.

---

36) 会津. 일본 후쿠시마현의 서쪽 지역으로 사방이 산으로 둘러싸여 있다.

나는 우선 마돈나 사건으로 말머리를 꺼냈다. 물론 산미치광이는 마돈나 사건을 나보다 자세하게 알고 있었다. 내가 노제리 강둑에서 두 사람과 마주친 이야기를 했더니 산미치광이가 그놈은 바보라고 했다. 그는 이렇게 주장했다.

"자네는 누구를 붙잡든지 바보라고 부르지. 오늘 학교에서도 나더러 바보라고 했잖아? 내가 바보라면 교감은 바보가 아니야. 나는 그 인간과 같은 부류가 아니거든."

"그러면 그놈은 쓸개 빠진 등신이겠군."

산미치광이는 그럴지도 모른다며 기꺼이 찬성했다. 산미치광이는 기질이 강하기는 해도 이런 단어는 나보다 훨씬 모른다. 아이즈 녀석들은 하나같이 이런가 보다.

그러고 나서 빨강셔츠가 내 월급을 올려 주고 나를 장래에 중하게 등용하겠다고 말한 사실을 전했다. 산미치광이는 흥흥거리며 콧방귀를 뀌었다.

"자, 그렇다면 나를 면직시키려는 속셈이구나."

"면직시킬 작정이라니? 면직시키면 학교를 그만둘 마음은 있고?"

"누가 당하고 있겠다니? 내가 학교를 그만두면 교감 선생도 함께 그만두게 만들어야지."

산미치광이가 호기를 부린다.

"어떻게 같이 그만두게 하려고?"

"거기까지는 아직 생각하지 않았네."

산미치광이는 강해 보이지만 지혜는 별로 없는 듯하다. 내가 월급 올려 준다는 것을 거절했다고 하니 화색을 띠고 기뻐하며 칭찬했다.

"과연 에도 토박이로군. 참 장한데……."

끝물호박이 그토록 가기 싫어했는데 왜 유임(留任) 운동을 해 주지 않았느냐고 물어봤다. 그러자 끝물호박에게서 이야기를 들었을 때는 이미 일이 정해진 다음이라고 한다. 교장에게 두 번, 빨강셔츠에게 한 번 찾아가서 담판을 지어 봤지만 도저히 어쩔 수 없었다고 했다.

"고가는 사람이 좋아도 너무 좋아서 문제야. 교감 선생이 이야기를 꺼냈을 때 딱 잘라 거절하든가, 일단 생각해 보겠다고 도망쳤으면 좋았을 텐데……. 그놈의 말재간에 속아 넘어가 즉석에서 승낙하고 말았다네. 그러니 나중에 가서 어머니가 울며 매달려도 안 될밖에……. 물론 내가 담판을 지으러 가도 소용이 없고 말이야."

이렇게 말하며 매우 유감스러워했다.

"이번 사건은 교감이 고가를 멀리 보내 버리고 마돈나를 자기 손에 넣으려는 책략일세."

"물론 그럴 것이 틀림없네. 그놈은 점잖아 보이지만 잔머리를 악하게 굴리거든. 누가 무슨 말을 하든 도망갈 구멍을 항시 마련해 놓는 요물이지. 그런 놈에게 걸려들었다가는 쇠주먹으로 본때를 보여 주지 않는 이상 아무 소용이 없어."

산미치광이가 울퉁불퉁한 팔뚝을 걷어 보였다.

"자네 팔은 참 힘이 세 보이는군. 유도라도 하는가?"

나는 말이 나온 김에 물어봤다. 그러자 위팔에 힘을 팍 주고는 좀 만져 보라고 했다. 손끝으로 만져 봤더니 목욕탕에서 때를 문지르는 속돌 같았다. 나는 탄복하고 말았다.

“자네, 그 정도의 팔뚝이라면 교감 같은 사람을 대여섯쯤 한번에 날려 버리고도 남겠군.”

“물론 그렇고말고.”

산미치광이가 팔을 폈다 접었다가 하니 알통이 울퉁불퉁 피부 안쪽에서 올라갔다 내려갔다 한다. 엄청나게 유쾌하다. 산미치광이가 말하기를 종이 끈을 두 가닥 꼬아 알통이 나오는 자리에 두르고 힘을 꽉 주고 팔을 구부리면 툭 끊어진다고 한다.

“종이 끈이라면 나도 할 수 있을 것 같은데?”

“할 수 있다고? 어디 한번 해 보게.”

만약 끊지 못하면 체면을 구길 것 같아 다음으로 미루었다.

“저기, 이렇게 하면 어때? 오늘 밤 송별회에서 술을 잔뜩 마시고 교감하고 미술 선생에게 한 방 먹이는 거야.”

내가 이렇게 반쯤 농으로 권해 봤다.

“음, 글쎄…….”

산미치광이는 생각해 보더니 오늘 밤은 그만두겠다고 했다.

“왜?”

“오늘 밤 그러는 건 고가한테 못 할 짓이니까……. 그리고 이왕 한 방 먹일 작정이라면 그놈들이 나쁜 짓을 저지를 때 현장에서 주먹을 날려야 하네. 그러지 않으면 우리 잘못이 되거든.”

이렇게 분별 있는 말을 덧붙인다. 산미치광이가 나보다는 생각이 있어 보인다.

"그럼 일장 연설로 고가 선생을 크게 추어올리게. 나는 팔랑거리는 에도 토박이 말투 때문에 묵직함이 없거든. 그리고 점잖은 자리에 가면 갑자기 신물이 올라오고 커다란 덩어리가 목구멍을 막고 있는 것처럼 말이 나오지 않아. 그러니 연설은 자네에게 맡기고 싶어."

"그것참 별난 병이군. 그럼 자네는 사람들 앞에서는 말을 못 한다는 말이지? 거참 불편하겠네."

"뭐 그렇게까지 불편하지는 않아."

이러쿵저러쿵 이야기를 나누는 사이에 시간이 다 되었기에 산미치광이와 함께 송별회 장소로 갔다. 가신테이는 이 지역에서 으뜸으로 손꼽히는 요리점이라고 한다. 나는 한 번도 와 본 적이 없다. 옛날에 고관이었던 사람의 저택을 사들여 그 자리에서 개업했다고 한다. 과연 외관을 보니 위엄이 있고 으리으리하다. 고관의 저택이 요리점이 되다니, 마치 전쟁 때 입던 대감의 두루마기를 겨울 속옷으로 누빈 것이나 진배없다.

우리 둘이 도착했을 무렵에는 사람들이 거의 다 모였다. 다다미 쉰 장쯤 되는 너른 방에 둘씩 셋씩 무리를 지어 앉아 있다. 다다미 쉰 장 넓이인 만큼 도코노마도 큼직하고 훌륭하다. 내가 야마시로야에서 점령한 다다미 열다섯 장짜리 방과는 비교도 되지 않는다. 재어 보니 두 간(약 3.6미터)이다. 오른쪽에 붉은 무늬가 들어간 세토 도자기 항아리를 놓고, 그 안에 커다란 소나무 가지를 꽂았다. 소나무 가지를 꽂아 놓고 뭘 할 심산인지는 모르겠지만 몇 개월이 지나도 잎이 떨어질 염려가 없으니 돈이 들지 않아 좋을 것이다. 저 세토 도자기는 어디에서 만드느냐고 박물 교사에게 물어봤다.

"저것은 세토 도자기가 아닙니다. 이마리 지방의 것이지요."

"이마리의 것도 세토 도자기라고 하지 않나요?"

박물 교사가 에헤헤헤 하고 웃었다. 나중에 물어보니 세토에서 만들었기 때문에 세토 도자기라고 한다. 나는 에도 토박이라 도자기는 다 세토 도자기라고 하는 줄 알았다. 마루 정중앙에 커다란 족자가 있고, 내 얼굴만큼 커다란 글씨가 스물여덟 자[37] 쓰여 있다. 아무리 봐도 못 썼다. 정말 서투른 글씨였기 때문에 한학 교사에게 물었다.

"왜 저런 못 쓴 글씨를 보란 듯이 걸어 두었을까요?"

"저것은 가이오쿠[38]라는 유명한 서예가가 쓴 작품입니다."

가이오쿠인지 뭔지 모르겠지만 내 눈에는 졸필로만 보인다.

이윽고 서기인 가와무라가 모두들 자리에 앉아 달라고 했다. 나는 기대앉기 편하게 기둥이 있는 자리에 앉았다. 가이오쿠의 족자 앞에 전통 겉옷과 덧옷을 입은 너구리가 앉았다. 그 왼쪽에 마찬가지로 하오리, 하카마 차림의 빨강셔츠가 진을 쳤다. 오른쪽에는 오늘의 주인공인 끝물호박 선생이 앉았다. 이 사람도 일본 전통 옷을 입었다.

나는 양복을 입은 터라 꿇어앉는 것이 불편해 금세 책상다리를 틀고 앉았다. 옆에 앉은 체조 교사는 검은 양복바지를 입고도 단정하게 꿇어앉았다. 체조 교사답게 수양을 잘 닦은

---

37) 칠언 절구인 줄 모르고 글자 수만 센 것.

38) 누키나 가이오쿠(貫名海屋, 1778~1863). 에도 후기에 활동한 중국풍 서체의 서예가.

모양이다. 이윽고 상이 나오고 술병이 놓인다. 간사가 일어나 개회사를 한마디 한다. 너구리가 일어서고 빨강셔츠가 일어선다. 모두 송별사를 하는데 세 사람 다 입을 맞춘 듯했다. 끝물호박이 훌륭한 교사일 뿐 아니라 사람이 좋다는 말을 늘어놨다. 또 이번에 사정상 학교를 떠나는 일이 진심으로 섭섭하다고 말했다. 학교뿐 아니라 개인적으로도 매우 아쉽지만 일신상의 이유로 전근을 간절히 희망했기 때문에 어쩔 수 없었다고 했다.

이런 거짓말을 둘러대며 송별회를 열면서도 한 치도 부끄러워하지 않는다. 특히 빨강셔츠는 세 사람 가운데 끝물호박을 제일 많이 칭찬했다. 착한 동료를 잃는 것이 자신에게 커다란 불행이라고까지 말했다. 더구나 어조가 얼마나 그럴듯했는지 모른다. 평소에도 나긋나긋한 목소리를 한층 더 나긋나긋하게 냈기 때문에 처음 듣는 사람은 누구나 필시 속아 넘어갈 것이 뻔하다. 마돈나도 아마 이런 수법으로 낚아챘을 것이다. 빨강셔츠가 한창 송별사를 하는 도중에 맞은편에 앉은 산미치광이가 내 얼굴을 보고 살짝 눈짓을 했다. 나는 그 대답으로 집게손가락으로 아래 눈꺼풀을 뒤집어 보였다.

빨강셔츠가 자리에 앉기만 기다렸다는 듯 산미치광이가 불쑥 일어섰다. 나는 기쁜 나머지 무심코 짝짝 박수를 쳤다. 그러자 너구리를 비롯한 일동이 내 쪽으로 시선을 돌리는 바람에 약간 찔끔했다. 산미치광이가 무슨 말을 할지 궁금했다.

"지금 교장 선생님과 교감 선생님은 고가 선생의 전임을 매우 섭섭하다고 말씀하셨습니다. 그렇지만 저는 도리어 고가 선생이 하루라도 빨리 이곳을 떠나길 희망하고 있습니다. 노베오카는 벽지라 여기에 비하면 물질적으로야 불편할 것입니다. 그러나 들은 바에 따르면 풍속이 아주 소박할 뿐 아니라 선생과 학생이 옛사람들처럼 기풍이 순박하고 정직하다고 합니다. 마음에도 없는 아첨을 떨거나 멀쩡한 얼굴로 군자를 함정에 빠뜨리는 하이칼라는 한 놈도 없을 것이라고 믿습니다. 그러니 고가 선생처럼 성품이 따뜻하고 인품이 훌륭한 선비는 반드시 그 지방 사람들에게 환영을 받을 것입니다. 저는 고가 선생을 위해 이번 전임을 축하하는 바입니다. 마지막으로 고가 선생이 노베오카에 부임하면 그곳의 참한 숙녀 중에 좋은 배필이 될 자격을 갖춘 여성을 골라 하루라도 빨리 원만한 가정을 이루기를 바랍니다. 그래서 정조도 없고 절개도 없는 속된 여자를 죽도록 부끄럽게 만들어 주기를 희망합니다. 에헴, 에헴.”

산미치광이가 크게 기침을 두 번 하고 자리에 앉았다. 나는 이번에도 손뼉을 칠까 했지만 모두들 내 얼굴을 쳐다보는 것이 싫어 그만두었다. 산미치광이가 앉자 이번에는 끝물호박이 일어났다. 그는 정중하게 자기 자리에서 일어나 말석까지 가서 겸손하게 일동을 향해 인사했다.

“이번에 일신상의 이유로 규슈로 부임하고자 합니다. 이에 선생님들이 소생을 위해 성대한 송별회를 열어 주시니, 진심으로 감동하지 않을 수 없습니다. 특히 방금 교장, 교감 선생님을 비롯한 여러 선생님께서 송별사를 해 주셔서 대단히 감사합니다. 가슴 깊이 새겨 두겠습니다. 저는 이제부터 먼 곳으로 떠나지만 아무쪼록 종전처럼 관심과 사랑을 기울여 주시기를 부탁드립니다."

끝물호박은 이렇게 말하고 자기 자리로 돌아갔다. 도대체 어디까지 사람이 좋은 것인지 도통 속을 모르겠다. 자기를 바보 취급하는 교장이나 교감에게 이렇게 공손하게 인사를 올린다. 형식적인 인사가 아니다. 태도, 말투, 표정을 보건대 진심으로 감사하고 있는 듯하다. 이런 성인(聖人)에게 진심에서 우러나오는 인사를 받으면 미안한 마음에 얼굴이 달아오를 듯도 하다. 그러나 너구리도 빨강셔츠도 근엄한 표정으로 듣고 있을 따름이다.

인사가 끝나자 여기에서도 후루룩, 저기에서도 후루룩, 탕을 들이켜는 소리가 난다. 나도 흉내를 내어 국물을 마셔 보았으나 맛이 없다. 안주로 어묵이 나오긴 했지만 거무튀튀한 것이 지쿠와[39]를 만들다 실패한 것 같다. 생선회도 있기는 한데 두꺼워서 참치 토막을 날로 먹는 것이나 마찬가지다. 그런데도 옆에 앉은 사람들은 우걱우걱 맛있다는 듯 먹고 있다. 아마도 에도풍 요리를 먹은 적이 없을 것이다.

그러는 와중에 술병이 바쁘게 왔다 갔다 하기 시작하더니 사방이 갑자기 시끌벅적해졌다. 알랑쇠는 공손하게 교장 앞에 나가 잔을 받는다. 꼴 보기 싫은 놈이다. 끝물호박은 술을 따르며 차례로 한 바퀴 돌 작정인 것 같다. 고생이 많다. 끝물호박이 내 앞으로 왔다.

---

39) ちくわ. 지쿠와는 어묵의 일종으로 예전에는 가마보코라고도 칭했다.

"한잔 주시겠습니까?"

옷자락의 주름을 바로잡으며 술을 청하므로 나도 양복바지 차림으로 거북하게 무릎을 꿇고 술을 따랐다.

"만난 지 얼마 되지 않았는데 금세 이별이라니 아쉽습니다. 언제 떠나십니까? 항구까지 꼭 배웅을 나가렵니다."

"아닙니다. 바쁘실 텐데 그러지 마십시오."

끝물호박이 뭐라 하든 학교를 쉬고 배웅을 나갈 작정이다.

한 시간 정도 지났을 무렵에는 술자리가 어지러워졌다.

"자, 한잔하지 그러나, 이렇게 내가 권하는데……."

이렇게 혀가 꼬부라진 사람도 하나둘 늘어났다. 조금 따분해지기에 변소에 갔다가 별빛에 비치는 고풍스러운 정원을 바라보고 있는데 산미치광이가 다가왔다.

"어땠나? 아까 한 연설…… 잘했지?"

제법 어깨가 으쓱해 있다.

"자네 연설에는 대찬성이지만 딱 한 군데 마음에 들지 않는 점이 있었어."

"어디가 못마땅했는데?"

"노베오카에는 멀쩡한 얼굴로 사람을 함정에 빠뜨리는 하이칼라 놈이 없다고 말했지?"

"그래."

"하이칼라 놈만으로는 부족해."

"그럼 뭐라고 했어야 해?"

"하이칼라 놈, 사기꾼, 야바위꾼, 야비다리 치는 놈, 협잡꾼, 위선자, 날다람쥐, 끄나풀, 멍멍 짖으면 개새끼나 다름없는 놈이라고 말했어야지.”

“나는 그렇게까지 혀가 잘 돌아가지 않아. 자네는 참 말재
주가 뛰어나군. 무엇보다 단어를 참 많이도 알고 있어. 그런데
도 연설을 못 하다니 알다가도 모를 일이야.”

“이건 싸울 때 쓰려고 신중하게 준비해 둔 말이야. 연설할
때에는 이런 말이 나오지 않아.”

“그래? 그렇지만 술술 나오던데? 다시 한번 해 봐.”

“몇 번이라도 하고말고. 자, 하이칼라 놈, 사기꾼, 야바위
꾼⋯⋯.”

이렇게 다시 시작하는데 툇마루를 우당탕 울리며 두 사람
이 비칠비칠 뛰어왔다.

“두 사람 다 너무하군그래⋯⋯. 도망가다니 말이야. 내가 있
는 동안에는 절대로 도망 못 가. 자, 마시라고. 야바위꾼? 재미
있지. 야바위, 고것 참 재미있어. 자, 마시자니까.”

이러면서 나와 산미치광이 사이를 헤집고 들어와 힘껏 끌
고 간다. 실은 두 사람 다 변소 가는 길이었는데, 마구 취한 바
람에 변소 가는 것도 잊고 우리를 끌어당기는 듯하다. 주정뱅
이에게는 눈길이 닿는 곳마다 용무가 있는 법이라, 그 전의 일
은 금방 잊어버리는 모양이다.

“자, 이것 봐, 야바위꾼을 끌고 왔어. 술 좀 먹이게. 야바위
꾼이 잔뜩 취하도록. 자네, 도망치면 안 돼.”

도망가지도 않는 나를 벽 쪽으로 밀어붙였다. 주위를 둘러
보니 먹을 만한 안주가 놓여 있는 상이 하나도 없다. 자기 몫
을 깨끗이 먹어 치우고 대여섯 간(약 9~10미터) 밖으로 원정

을 나간 놈도 있다. 교장은 언제 돌아갔는지 보이지 않는다.

그러고 있는데 "이 방인가?" 하고 게이샤 서너 명이 들어왔다. 나도 좀 놀랐지만 벽 쪽으로 떠밀린 상태라 그저 멀뚱멀뚱 보고만 있었다. 그러자 지금까지 도코노마 기둥에 기대어 예의 호박 파이프를 자랑스럽게 피우고 있던 빨강셔츠가 벌떡 일어나 방을 나가려고 했다. 맞은편에서 들어온 게이샤 하나가 스쳐 지나가면서 웃는 얼굴로 인사했다. 제일 젊고 제일 예쁜 게이샤다. 멀어서 들리지는 않았지만 "어머 안녕하세요?" 같은 인사인 듯하다. 빨강셔츠는 모르는 사이인 척하며 나가서 다시는 얼굴을 내밀지 않았다. 교장의 뒤를 따라 집으로 돌아갔으리라.

게이샤가 들어오자 갑자기 흥이 올라 모두들 함성을 지르며 환영한다는 듯 술자리가 들썩거린다. 어떤 놈은 먹국[40]을 한다. 그 소리가 어찌나 요란한지, 마치 칼을 뽑아 적을 베는 연습을 하는 것 같다. 이쪽에서는 가위바위보를 하고 있다. 에잇, 요잇 하며 정신없이 양손을 휘젓는 모습이 다크 극단[41]이 인형을 조종하는 것보다 훨씬 능숙하다. 저쪽 구석에서는 "술 좀 따라 줘." 하며 술병을 흔들어 보이고는 "술이로구나, 술!" 하고 다시 외친다. 어찌나 시끄럽고 소란스러운지 참을 수가 없다. 그 속에서 따분한 듯 고개를 푹 숙이고 생각에 잠긴 사람은 끝물호박뿐이다. 끝물호박을 위해 송별회를 열어 준 것

---

40) 주먹 속에 쥔 물건의 수효를 알아맞히는 아이들의 놀이.
41) 아일랜드의 인형 극단. 1894년에 일본에서 공연했다.

은 그의 전임을 아쉬워해서가 아니다. 모두 술을 마시며 놀기 위해서다. 끝물호박 혼자만 무료하게 겉돌며 괴로워하기 위해 서다. 이런 송별회라면 열어 주지 않는 편이 훨씬 낫다.

조금 있으니 제각기 굵고 탁한 목소리로 무슨 노래를 부르 기 시작했다. 게이샤가 내 앞으로 와서 샤미센을 타려고 한다.

"손님, 뭐 하고 있어요? 노래 좀 불러 보세요."

"나는 노래 안 해. 부르려면 너나 불러."

이렇게 내쳤더니 노래를 시작했다.

"징이나 큰북을 말이야, 길을 잃고 헤매는 산타로야, 둥둥 두두두둥 창창 치린치린…… 두드리고 돌아다녀서 만날 수만 있다면, 나 같은 신세라도 징이나 큰북을 말이야, 둥둥 두두 두둥 창창 치린치린, 두드리고 돌아다니며 만나고 싶은 사람 이 있다네."

두 호흡 만에 노래를 끝내고는 "아아 힘들어." 한다. 그렇게 힘들면 좀 편한 노래를 부르면 좋지 않으냐.

그러자 어느 틈에 내 곁에 앉았는지 알랑쇠가 변함없이 만 담가 같은 투로 말했다.

"스즈 짱, 만나고 싶은 사람을 만났다고 좋아했을 텐데, 어 쩌나 금세 가 버렸으니…… 참 안됐군."

"몰라요."

게이샤가 새침하게 대꾸했다.

"우-연히 마-안나기는 마-안났으나……."

알랑쇠는 개의치 않고 듣기 싫은 목소리로 기다유[42]의 한 소절을 흉내 낸다.

“일어나세요.”

게이샤가 손바닥으로 알랑쇠의 무릎을 탁 치니 알랑쇠가 헤벌쭉 웃는다. 이 게이샤는 빨강셔츠에게 인사한 아이다. 게이샤에게 맞고 웃는 꼴이라니, 알랑쇠도 한참 모자란 놈이다.

“스즈 짱, 내가 기노쿠니[43]를 출 테니까 샤미센 좀 연주해 줘.”

알랑쇠는 춤까지 출 생각인가 보다.

건너편에서 한학을 가르치는 할아버지가 이가 빠진 입을 일그러뜨리며 노래했다.

“그야 들리지 않지요. 덴베 님, 당신과 나 사이에는……”

여기까지는 무사히 불렀지만, “그다음은 어떻게 되더라?” 하며 게이샤에게 묻고 있다. 영감쟁이는 기억력이 좋지 않은 법이다. 다른 게이샤는 박물 선생을 붙잡고 노래를 불렀다.

“아하, 요즘 이런 것이 나왔어요. 샤미센을 켜 볼까요? 잘 듣고 부르세요. 음, 틀어 올린 서양 머리, 새하얀 리본을 단 하이칼라 머리, 타는 것은 자전거, 켜는 것은 바이올린, 어설픈 영어로 술술, I am glad to see you.”

“과연 재미있군, 영어가 섞여 있어.”

박물 선생이 감탄한다.

“어이, 거기, 이봐! 내가 검무를 출 테니 샤미센을 켜 줘.”

---

42) 義太夫. 조루리(浄瑠璃)의 한 유파. 조루리는 샤미센에 맞춰 이야기를 읊는 것을 말한다

43) 에도 시대 후기부터 술자리에서 춤출 때 부르는 노래로 인기가 많았던 속요.

산미치광이가 터무니없이 커다란 목소리로 호령했다. 게이샤는 거칠기 짝이 없는 그의 태도에 어이없는지 대꾸도 하지 않는다.

"답파-천산-만악연(踏破千山万岳烟)."[44]

산미치광이는 상관하지 않고 지팡이를 가져와 한복판에서 혼자 숨은 재주를 선보이고 있다. 그때 벌써 기노쿠니를 마치고, 익살스러운 갓포레 춤도 끝내고, '시렁 위의 오뚝이' 하는 속요까지 끝낸 알랑쇠가 알몸에 훈도시 하나만 차고 종려나무 빗자루를 겨드랑이에 끼었다.

"일청(日清) 담판 깨지고……."

이렇게 노래를 부르며 방을 온통 휘젓고 다니기 시작했다. 마치 미치광이 같다.

나는 아까부터 답답해 보이는 웃옷도 벗지 않고 앉아 있는 끝물호박이 딱해서 견딜 수 없었다. 아무리 그를 위한 송별회라고 해도 알몸에 훈도시만 입고 추는 춤까지 예복 차림으로 힘들게 보고 있을 필요는 없다고 생각했다. 그래서 곁으로 다가가 슬며시 권했다.

"고가 선생, 이제 집으로 돌아가시지 않을래요?"

"오늘은 저를 위한 송별회인데 제가 먼저 집에 가는 것은 실례입니다. 제 일은 조금도 개의치 마시고……."

끝물호박은 꿈쩍할 기색도 보이지 않는다.

---

44) 사이토 겐모쓰(斎藤監物, 1822~1860)의 시 일부. 남조의 충신 고지마 다카노리가 유배 가는 고다이고 천황에 대한 마음을 벚나무를 잘라 적었다는 사적에 의탁한 노래.

"뭘 그렇게 신경쓰십니까? 송별회라면 송별회다워야지요. 저 꼴 좀 보세요. 이건 미치광이의 모임입니다. 자, 가십시다."

내키지 않아 하는 끝물호박을 억지로 끌고 자리를 빠져나가려 하는데 알랑쇠가 빗자루를 흔들흔들 휘두르며 다가왔다.

"아니, 주인공이 먼저 자리를 뜨다니 너무하군. 일청 담판이닷! 보내 주지 않겠어."

빗자루를 옆으로 들어 길을 막았다.

"일청 담판이라면 당신은 되놈이겠지."

아까부터 비위에 거슬렸던 터라 알랑쇠의 머리통을 주먹으로 딱 소리 나게 쥐어박았다. 알랑쇠는 이삼 초 동안 얼이 빠진 몸으로 멍하게 있었다.

"엥? 이거 너무하군. 매정하게 주먹으로 때린 거야? 흥, 이 요시카와를 후려치다니 어이가 없어도 한참 없군. 자, 그러면 정말로 일청 담판이닷!"

알랑쇠가 알아듣지 못할 말을 중얼거렸다. 뒤에 있던 산미치광이가 이 소동을 알아채고 칼춤을 추다 달려왔다. 그는 이 꼴을 보더니 목덜미를 콱 붙들어 잡아당겼다.

"일청…… 아야, 아야, 아프다고. 이건 너무 난폭하잖아?"

버둥거리는 알랑쇠를 옆으로 뒤틀어 쾅 하고 자빠뜨렸다. 그다음은 어떻게 됐는지 모른다. 도중에 끝물호박과 헤어져 집에 돌아오니 11시가 넘었다.

10

승전 축하식이 있어 휴교하는 날이다. 너구리는 학생을 인솔해 연병장에서 열리는 식에 참석해야 한다. 나도 교직원의 한 사람으로서 함께 따라가야 한다. 거리에 나서니 온통 일장기로 뒤덮여 있어 눈이 부실 지경이다. 학생 수가 팔백 명이나 되기 때문에 체조 교사가 대열을 정돈하고, 반과 반 사이에 거리를 조금씩 두고 교사가 한두 명씩 감독으로 끼어 들어간다. 대열의 정비 계획은 대단히 교묘하지만, 실제로는 엄청나게 볼썽사납다. 학생들은 어린데다 철이 없고 규율을 어기지 않으면 체면이 말이 아니라고 생각하는 놈들이기 때문에 교사가 몇 명 따라간다고 해도 별 소용이 없다.

명령을 내리지 않았는데도 멋대로 군가를 부르고, 군가를 마치면 와 하고 뜻 없는 함성을 내지른다. 마치 떠돌이 무사가 마을을 휘젓고 돌아다니는 것 같다. 군가를 부르거나 함성을 지르지 않을 때는 와자지껄 떠들어 댄다. 잡담하지 않고도 걸을 수 있을 텐데, 일본인은 다들 입부터 먼저 태어나기 때문에 아무리 잔소리를 늘어놓아도 듣지 않는다. 떠드는 것도 그냥 떠드는 것이 아니다. 교사의 험담을 하니 저질이다.

나는 숙직 사건으로 학생들에게 사과를 받고 '뭐, 이 정도면 되겠지.' 하고 생각하고 있었다. 그런데 실제로는 완전히 착각이었다. 하숙집 할머니 말을 빌리면 정말이지 당치도 않게 넘겨짚었다. 학생들이 잘못을 빈 것은 진심으로 후회하기 때문이 아니었다. 그저 교장이 명령하니까 형식적으로 고개를 숙였을 뿐이다. 장사꾼이 고개는 숙이면서 뒤로는 교활한 짓을 그만두지 않는 것과 마찬가지로, 학생들도 사죄는 했지만 장난은 결코 그만두지 않는다. 잘 생각해 보면 세상은 전부 이 학생들 같은 놈으로 이루어져 있을지도 모른다.

사람이 잘못을 빌거나 사과하는 행동을 진지하게 받아들이고 용서하는 처사는 지나치게 정직하고 바보스럽다고 할 것이다. 사과하는 사람도 거짓으로 사과하는 것이므로 용서하는 사람도 거짓으로 용서한다고 보면 그리 틀리지 않다. 만약 정말로 사죄를 받아 낼 마음이라면 진심으로 후회할 때까지 두들겨 패야 한다.

내가 반과 반 사이로 들어갔더니 튀김이니 경단이니 하는 소리가 끊이지 않는다. 더구나 수가 많으니 누가 말하는지 알 수 없다. 용케 알아낸다 해도 틀림없이 이렇게 말할 것이다.

"선생님을 가리켜 튀김이라고 말한 적 없습니다. 경단이라고 말한 적 없습니다. 선생님이 신경 쇠약이라서 삐딱하게 들은 게지요.”

이 비열한 근성은 봉건 시대부터 길러 온 이 땅의 습관이기 때문에 아무리 타일러도, 아무리 성심껏 가르쳐도 도저히 고쳐지지 않는다. 이런 고장에 일 년만 있으면 내가 아무리 결백하더라도 이런 짓을 당해야 할지도 모른다. 얼굴에 먹칠을 하고도 솜씨 좋게 빠져나가는 것을 내버려 둘 멍청이가 어디에 있을까. 저쪽이 사람이라면 나도 사람이다. 학생들이라고 해도, 어린애들이라고 해도, 나보다 덩치도 크다. 그러니까 형벌로 갚아 주지 않으면 체면이 서지 않는다.

그런데 이쪽이 평범한 수단으로 되갚으려고 하면 저쪽에서 역습해 온다. 너희가 잘못했다고 해도 처음부터 빠져나갈 구멍을 만들어 두었기 때문에 당당하게 변명을 늘어놓는다. 변명으로 자기들이 정당한 것처럼 보이게 꾸며 놓고 이쪽의 약점을 공격한다. 애당초 되갚아 주려던 것이니, 이쪽의 변호는 저쪽의 약점이 드러나지 않는 이상 변호가 되지 못한다. 다시 말해 저쪽이 먼저 시비를 걸었지만 세상이 보기에는 이쪽이 싸움을 건 것처럼 보이고 만다. 엄청난 불이익이다.

저쪽이 뭘 하든 물러 터진 사람처럼 내버려 두면 점점 더 기승을 떨 뿐이다. 과장을 섞어 이야기하면 세상에 득이 되지 않는다. 그러므로 어쩔 수 없이 이쪽도 저쪽의 수단을 활용해 꼬투리 잡히지 않고 손을 쓸 수 없도록 교묘하게 되갚아 줘야 한다. 그렇게 보면 에도 토박이도 별 수 없다. 한심하지만 일 년이나 이렇게 당한다면, 나도 인간이므로 한심하든 어떻든 무슨 수를 쓰지 않으면 결판이 나지 않는다. 어떻게든 수를 써서 얼른 도쿄로 돌아가 할멈과 함께 사는 것이 상책이다. 이런 시골구석에 있는 것은 타락하려고 와 있는 것이나 마찬가지다. 신문 배달을 하더라도 이렇게까지 타락하는 것보다는 낫다.

이런 생각을 하며 내키지 않는 걸음으로 따라가고 있는데 웬일인지 앞쪽에서 갑자기 웅성거리기 시작한다. 그러더니 대열이 걸음을 딱 멈춘다. 이상해서 오른쪽으로 대열을 벗어나 앞쪽을 보니 오테마치의 막다른 지점을 지나 야쿠시마치로 꺾이는 모퉁이에서 학생들이 더는 나아가지 못하고 밀치거니 밀리거니 하면서 옥신각신하고 있다. 앞쪽에서 조용히 하라고 목청 터지게 소리 지르며 달려온 체조 교사에게 무슨 일이냐고 물어보니, 길모퉁이에서 중학교와 사범 학교가 충돌했다고 한다.

중학교과 사범 학교는 어느 지방이든 불문하고 개와 고양이처럼 사이가 나쁘다고 한다.[45] 왜 그런지는 알 수 없지만 기풍이 전혀 맞지 않는다. 무슨 일만 있으면 싸운다. 대개는 좁아터진 시골이 따분하니까 심심풀이로 벌이는 짓이리라. 나는 싸움을 좋아하는 편이라 충돌이라는 말을 듣자마자 반쯤

---

45) 중학생과 사범생은 나이가 거의 비슷하지만, 사범 학교 최상급생은 중학교 최상급생보다 한두 살 많았다. 중학생은 대학에 진학해 엘리트도 될 가능성이 있지만, 사범생은 사범 학교가 최종 학력으로 소학교 교원의 길밖에 없었다. 그 원인은 집안에 돈이 없는 등 가정 사정에 기인했고, 이것이 학교 기풍의 차이를 낳기도 했다.

재미삼아 달려갔다. 앞쪽에서는 "뭐야? 지방세로 학교를 다니는 주제에! 물러서!" 하고 고함친다. 뒤쪽에서는 "밀어, 밀어 버려!" 하고 소리 지른다.

내가 거추장스러운 학생 무리를 빠져나가 모퉁이에 거의 다다를 참이었다. 그때 높고 날카로운 호령이 들렸다.

"앞으로!"

그러자 사범 학교 쪽이 숙연하게 행진을 시작한다. 앞자리를 차지하려는 충돌이 해결이 난 모양으로, 결국 중학교가 한 발 양보했다. 자격을 논하자면 사범 학교가 위라고 한다.

승전 축하식은 매우 간단했다. 여단장이 축사를 읽고 지사(知事)가 축사를 읽는다. 참가자가 만세를 부른다. 그러고는 끝이다. 여흥은 오후에 있다고 해서 일단 하숙집으로 돌아가 저번부터 찜찜한 마음으로 미루어 둔 답장을 할멈에게 쓰기 시작했다. 이번에는 좀 더 자세하게 써 달라는 주문을 받았으니 될수록 정성스럽게 편지를 써야 한다. 그러나 막상 편지지를 앞에 놓고 보니 쓸 일은 산더미인데 무엇부터 써야 할지 모르겠다. 그 일을 쓸까 하다가도 귀찮아진다. 그럼 이 일을 쓸까 생각해 보면 시답지 않다. 힘을 들이지 않아도 술술 쓸 수 있고, 이렇게 머리를 쥐어짜지 않아도 할멈이 재미있게 읽을 수 있는 이야깃거리가 없을까. 이런 생각을 하다 보니 주문에 어울릴 만한 사건이 하나도 없는 것 같다.

나는 먹을 갈고, 붓을 적시고, 편지지를 노려보고…… 또다시 편지지를 노려보고, 붓을 적시고, 먹을 갈고……. 같은 동작을 몇 번이나 반복한 끝에 나는 도저히 편지를 쓸 재간이 없는 인간이라고 체념하고 벼루 뚜껑을 닫아 버렸다. 편지를 쓰는 일은 귀찮다. 역시 도쿄로 가서 직접 얼굴을 마주하고 이야기를 하는 편이 간편하다. 할멈이 걱정하는 바를 모르는 바는 아니지만 주문대로 편지를 쓰기란 삼칠일 동안 단식하는 것보다 괴롭다.

나는 붓과 편지지를 한쪽으로 치우고 벌렁 자빠져 팔을 베고 마당을 바라봤다. 역시 할멈이 마음에 걸린다. 그때 나는 이렇게 생각했다. 이렇게 멀리 와서까지 할멈을 생각하고 걱정해 주는 것만으로 내 진심은 분명히 할멈에게 전해질 거야. 진심이 통하기만 한다면 편지 같은 것은 쓸 필요가 없지 않겠어? 편지를 보내지 않으면 무소식이 희소식이라고 생각하겠지, 뭐. 편지는 죽었을 때나 병이 났을 때처럼 무슨 일이 벌어졌을 때 전하면 되는 것 아닌가…….

열 평쯤 되는 평평한 마당에는 특별한 장식물이 없다. 이렇다 할 나무도 없다. 다만 귤나무가 한 그루 있는데 담벼락 바깥에서 귤을 노릴 만큼 키가 크다. 나는 하숙집에 돌아오면 언제나 귤나무를 바라본다. 도쿄를 떠나 본 적 없는 사람이 귤나무에 귤이 열려 있는 광경을 보기란 퍽 드문 일이다. 시퍼런 열매가 점점 익어 가면서 노란색이 될 테지. 참으로 예쁠 것이다. 지금도 벌써 반쯤 색깔이 변한 것도 있다. 할머니가 그러는데 수분이 많고 단맛이 나는 귤이라고 한다. 이제 곧 익으면 실컷 맛을 보라고 했으니 매일 조금씩 먹자. 이제 삼 주만 지나면 충분히 먹을 수 있을 것이다. 설마 삼 주 안에 이곳을 떠날 일은 없겠지.

내가 귤 생각을 하고 있는 차에 우연히 산미치광이가 이야기를 하러 왔다.

"오늘은 승전 축하식이 있었으니 자네와 맛있는 것을 먹으려고 소고기를 사 왔네."

산미치광이가 대나무 껍질로 싼 덩어리를 소맷자락에서 꺼내 놓더니 방 한가운데 내던졌다. 나는 하숙집에서 고구마조림, 두부조림만 먹고 있었던 데다 메밀국숫집이나 경단집 출입을 금지당한 터라 참 잘됐다 싶었다. 곧바로 하숙집 할머니에게 냄비와 설탕을 빌려다가 소고기를 끓이기 시작했다.

산미치광이가 소고기를 입에 잔뜩 욱여넣은 채 빨강셔츠가 게이샤와 친하게 지내는 것을 아느냐고 물었다.

"그럼 알고말고. 요전에 고가 송별회 때 왔던 게이샤를 말하는 게지?"

"맞아. 나는 요즘 들어서야 눈치 챘는데 자네는 눈치가 꽤 빠르군."

산미치광이가 스스럼없이 칭찬했다.

"그놈은 입만 열면 입버릇처럼 품성이니 정신적 오락이니 떠벌이는 주제에 뒷구멍으로는 게이샤와 관계를 맺고 있어. 참 괘씸한 놈이야. 다른 사람이 노는 것을 너그러이 봐주면서 그런다면야 괜찮지만, 자네가 메밀국숫집이나 경단 집에 가는 행동조차 학생을 단속하는 데 문제가 된다고 교장 선생의 입을 빌어 주의를 주지 않았나?"

"응, 그렇지. 그놈 생각으로는 게이샤를 불러 노는 것은 정신적 오락이고, 튀김 메밀국수나 경단은 물질적 오락이겠지.

정신적 오락이라면 더 거리낌이 없어야 할 텐데, 뭐야, 그 꼴은! 친한 게이샤가 들어오니까 자리에서 일어나 꽁무니를 내빼고 말이야. 어디까지나 남의 눈을 속이려고만 하니 비위가 상하는 거야. 그러고는 남이 공격하면 나는 모르는 일이라는 둥, 러시아 문학이 어떻다는 둥, 하이쿠가 신체시의 형제뻘이라는 둥, 이런 소리로 사람들을 현혹하려고나 하고. 그런 겁쟁이는 남자도 아니야. 필시 전생에 시샘 많은 궁중의 시녀였을 거야. 그놈의 아버지는 유시마의 남창(男娼)이었을지도 모르고.”

“유시마의 남창이 뭔데?”

“뭐긴 뭐야, 남자답지 못하다는 말이겠지……. 자네, 그건 아직 익지 않았네. 설익은 것을 먹으면 촌백충이 생기네.”

“그런가? 뭐 괜찮겠지. 그래서 교감은 남의 눈을 속이고 온천 마을의 가도야에 가서 게이샤를 만난다고 하더군.”

“가도야라니, 그 여관집 말이야?”

“여관 겸 요릿집이지. 그러니까 그놈을 제일 먼저 찌부러뜨리기 위해서는 그놈이 게이샤를 데리고 그곳에 들어갈 때를 기다렸다가 혼을 내 줘야 하네.”

“기다린다니, 망이라도 본다는 말인가?”

“맞아. 가도야 앞에 마스야라는 여관이 있지 않아? 정면에 있는 2층 방을 빌려 장지문에 구멍을 내어 엿보자는 말이지.”

“감시하는 동안에 올까?”

“오겠지. 어차피 하룻밤 가지고는 안 돼. 한 이 주일 동안은 지켜볼 작정을 해야지.”

“음, 꽤 피곤하겠는걸. 나는 아버지가 돌아가실 때 일주일

동안 자지 않고 돌봐 드린 적이 있네만, 나중에는 정신이 멍해져서 쓰러질 뻔했다네."

"조금 몸이 피곤하다고 한들 그게 무슨 대수겠어? 그런 간사한 놈을 내버려 두는 것은 일본을 위해 안 될 말이니까 내가 하늘을 대신해 주리를 트는 거야."

"유쾌한 이야기군. 그렇게 일이 정해지면 나도 가세하지. 그래서 오늘 밤부터 불침번을 설 텐가?"

"아직 마스야 여관과 흥정을 못 해서 안 돼."

"그럼 언제부터 시작할 텐가?"

"곧 해야지. 언젠가 자네에게도 알려 줄 테니 그때 힘을 보태 주게."

"좋아. 언제든 도와줄게. 나는 계략 짜는 일은 서투르지만 싸움이 나면 요 주먹은 꽤 쓸 만하거든."

나와 산미치광이가 심각하게 빨강셔츠의 퇴치 계략을 의논하고 있을 때 하숙집 할머니가 왔다.

"어떤 학생이 홋타 선생님을 만나려고 찾아왔는데유. 댁에 갔는데 안 계시니까 여기 계실까 해서 찾아왔다고 해유."

이렇게 알리고 문지방에 무릎을 꿇고 앉아 산미치광이의 대답을 기다리고 있다.

"아, 그래요?"

산미치광이가 현관까지 나갔다가 곧 돌아왔다.

"이보게, 학생이 승전 축하식 여흥을 보러 가지 않겠느냐고 데리러 왔어. 오늘은 고치에서 일부러 무시기 춤을 추러 여기까지 사람들이 많이 왔으니까 꼭 보러 가자고 말이야. 좀처럼 보기 힘든 춤이라고 하던걸. 자네도 같이 가 보세."

산미치광이는 신이 나서 내게 같이 가자고 한다. 나는 춤이라면 도쿄에서 실컷 봤다. 매년 하치만사마 축제 때는 이동 무대가 동네를 돌기 때문에 시오쿼리[46]든 뭐든 잘 알고 있다. 고치 촌뜨기의 엉터리 춤 따위는 보고 싶지 않았지만, 모처럼 산미치광이가 같이 가자고 하니 따라갈 마음으로 문을 나섰다. 산미치광이를 데리러 온 사람이 누군가 했더니 빨강셔츠의 동생이다. 하필이면 묘한 놈이 데리러 왔다.

행사장에 들어가니 에코인의 씨름 경기나 혼몬지의 법회처럼 기다랗게 깃발을 도처에 꽂아 놓고, 세계 만국의 국기를 모조리 빌려 온 듯 밧줄에서 밧줄로, 새끼에서 새끼로 빽빽하게 걸어 놓은 바람에 넓디넓은 하늘이 평소와 다르게 들썩거리는 것처럼 보인다. 동쪽 구석에 하룻밤 새 뚝딱 지은 임시 무대에서 이른바 고치의 무시기 춤을 춘다고 한다. 무대를 오른쪽에 두고 반 정(약 54미터)쯤 오니 갈대발을 둘러치고 생화를 진열해 놓았다. 모두들 탄복하며 바라보는데 내가 보기에는 참으로 별 볼 일 없다. 그렇게 꽃이나 대나무를 구부려 놓고 즐거워할 바에야 곱사등이 남색이나 절름발이 서방을 데려다가 자랑하는 것이 낫겠다.

무대 반대쪽에서는 연달아 불꽃을 쏘아 올린다. 불꽃 속에서 풍선이 나왔다. '제국 만세'라고 쓰여 있다. 풍선은 천수각 소나무 위를 훨훨 날아 병영 안으로 떨어졌다. 그다음은 펑

---

46) 가부키 무용. 바닷물을 긷는 노파의 춤.

소리가 나고 검은 공 같은 것이 슈욱 하고 가을 하늘을 꿰뚫을 것처럼 날아올랐다. 내 머리 위에서 푸우푸욱 터지며 푸른 연기가 우산살처럼 활짝 펴지더니 가느다랗게 공중으로 흩어진다. 풍선이 또 올라간다. 이번에는 빨간색 바탕에 흰색으로 '육해군 만세'라고 박은 것이 바람에 흔들리며 온천 마을에서 아이오이 마을 쪽으로 날아갔다. 아마도 관세음보살을 모신 경내에 떨어졌을 것이다.

식을 거행할 때는 그렇지도 않았는데 이번에는 인파가 엄청나다. 시골에도 이렇게 인간이 많이 사는구나 싶게 우글우글하다. 영리하게 보이는 얼굴은 별로 없지만 숫자로 보면 확실히 무시할 수 없다. 그러는 동안 평판이 자자한 고치의 무시기 춤이 시작했다. 춤이라고 해서 후지마(藤間) 유파 쪽 춤이 아닌가 지레짐작했지만 전혀 딴판이었다.

위엄 있게 머리띠를 매고 종아리의 통이 좁은 치마바지를 입은 남자가 무대에 열 명씩 세 줄로 섰는데, 그 서른 명이 모조리 칼을 빼 들고 있는 모습에는 혼비백산했다. 앞줄과 뒷줄 사이는 겨우 한 자 다섯 치(약 47센티미터)밖에 안 된다. 좌우 간격은 그보다 더 좁으면 좁을지언정 결코 넓지 않다. 단 한 사람만 열을 벗어나 무대 끄트머리에 서 있을 뿐이다. 이렇게 대열을 벗어난 사내는 치마바지를 입었지만 뒤로 매는 머리띠는 생략했고, 칼집에서 뺀 칼 대신 가슴에 큰북을 멨다. 큰북은 다이카구라[47]에서 쓰는 것과 같다. 이 사내가 드디어 이야

---

47) 太神樂. 사자 춤, 접시 돌리기 등의 잡예.

아, 하아아 하고 느릿한 목소리로 묘한 노래를 부르면서 큰북을 두둥두둥 두둥둥 두드린다. 노랫가락이 어디에서도 들어 보지 못한 듯 신기하다. 미카와만자이[48]와 후다라쿠[49]를 합친 것이라고 생각하면 그다지 틀리지는 않을 테다.

자못 유장한 노래는 한여름 물엿처럼 흐늘거렸는데, 단락을 구분하기 위해 두둥둥 북소리를 끼워 넣으니 늘어지는 것 같으면서도 박자는 맞아떨어진다. 이 박자에 따라 서른 명이 허리에 찬 칼이 번쩍번쩍 빛난다. 이 또한 대단히 신속한 솜씨라서 보고만 있어도 간담이 서늘해진다. 옆에도 뒤에도 한 자 다섯 치 거리에 살아 있는 사람이 있고, 그 사람 역시 날카로운 칼을 휘두르고 있다. 어지간히 박자가 맞지 않으면 서로 칼에 베어 부상을 입을 것이다.

그나마 움직이지 않고 칼만 앞뒤나 아래위로 휘두른다면 그렇게까지 위험하지 않겠지만, 서른 명이 한꺼번에 제자리걸음을 걸으며 옆으로 향할 때도 있고 빙그르르 돌 때도 있다. 또 무릎을 굽힐 때도 있다. 옆에 있는 사람이 일 초라도 더 빠르거나 늦는다면 코를 베일지도 모른다. 옆 사람의 머리를 깎아 버릴지도 모른다. 칼의 움직임은 자유자재이지만, 그것이 움직이는 범위는 한 자 다섯 치라는 기둥을 세운 네모난 공간

---

48) 三河万歳. 미카와(아이치 현)에서 발달한 신년 행사. 집집을 돌아다니며 덕담하며 춤춘다.

49) 補陀洛. 인도 남단 관세음보살의 영지(靈地). "후다라쿠여, 해안을 치는 파도는 산구마노(三態野)의 나치(那智)의 산에……."로 시작하는 영가(詠歌).

안으로 제한되어 있고, 나아가 전후좌우에 있는 사람과 같은 방향에 같은 속도로 칼을 휘둘러야 한다.

과연 이 춤을 보면서는 눈이 휘둥그레졌다. 웬만한 「시오쿠미」나 「세키노토」 같은 조루리는 견줄 바가 못 된다. 들어보니 대단히 숙련을 요하기 때문에 웬만큼 해서는 이런 식으로 박자가 딱딱 맞지 않는다고 한다. 특히 가장 힘든 사람은 북을 두드리며 만세 타령을 부르는 두둥둥 선생이라고 한다. 서른 명의 발동작, 손동작, 허리를 굽히는 동작도 모조리 두둥둥 선생의 박자 하나로 정해진다고 하니까 말이다. 곁에서 보고 있자니 이 대장 친구가 제일 태평하게 이야아, 하아아 하고 노래를 부른다. 하지만 기실은 책임이 가장 막중하고 말할 수 없이 뼈를 깎는 일이라고 하니, 참 신기한 일이다.

나와 산미치광이는 탄복에 겨워하며 이 춤을 홀린 듯 보고 있었다. 그때 반 정(약 54미터)쯤 저쪽에서 갑자기 와앗 하는 함성이 들렸다. 지금까지 평온하게 이곳저곳을 둘러보고 있던 무리가 갑자기 파도를 타며 좌우로 흔들리기 시작한다.

"싸움이다, 싸움이야."

이런 소리가 들리는 것 같더니 사람들 소맷자락을 뚫고 빨강셔츠의 동생이 달려왔다.

"선생님, 싸움이 또 벌어졌어요. 중학교 쪽에서 오늘 아침 일을 앙갚음한다고 사범학교 놈들과 결전을 시작했어요. 빨리 와 주세요."

이렇게 말하고 다시 사람들의 물결 속으로 헤치고 들어가더니 어딘가로 사라져 버렸다.

"골칫덩이 녀석들이군. 아니, 또 시작했다는 말이야? 적당히 알아서 처신하면 얼마나 좋아?"

산미치광이는 달아나는 사람들을 피하면서 눈 깜짝할 새에 달려갔다. 방관할 수도 없으니 말리려는 생각일 것이다. 나도 물론 도망갈 생각이 없다. 산미치광이를 따라 곧바로 현장으로 달려갔다. 한창 싸움이 달아올랐다. 사범학교 쪽은 오륙십 명쯤 될까. 중학교는 확실히 3할 정도 많다. 사범학교는 제복을 입고 있지만, 중학교는 식이 끝난 뒤 대개 일본 옷으로 갈아입었기 때문에 적과 아군을 한눈에 알아볼 수 있다. 그러나 서로 한데 뒤엉켰다가 흩어지며 싸우고 있기 때문에 어디서부터 어떻게 떼어 놓으면 좋을지 알 수 없다. 산미치광이는 난감하다는 표정으로 얼마 동안 난잡한 꼴을 바라봤다.

"이렇게 된 이상 어쩔 수 없어. 순사가 오면 일이 복잡해진다고. 일단 뛰어들어 떼어 놓고 보자."

산미치광이가 내 쪽을 보며 말했다. 나는 대답도 않고 제일 싸움이 치열해 보이는 곳으로 불쑥 덤벼들었다.

"그만둬, 그만두라고. 난폭한 짓을 저질러서야 학교 체면이 뭐가 되겠어. 그만두지 못해?"

나는 있는 힘껏 목청을 돋우어 적과 아군의 경계선 같은 데로 헤치고 들어가려 했지만 좀처럼 일이 풀리지 않았다. 한두 간(약 2,3미터) 들어가니 빠져나올 수도 없고 들어갈 수도 없다. 눈앞에 비교적 몸집이 큰 사범생이 열대여섯 되는 중학생과 맞붙어 싸우고 있다.

"그만두라고 하면 그만둬야지."

사범생의 어깨를 잡고 억지로 떼어 놓으려고 하는 순간, 누군지는 몰라도 밑에서 내 다리에 딴죽을 걸었다. 급작스레 당하는 바람에 나는 잡은 어깨를 놓고 옆으로 쓰러졌다. 딱딱한 신발로 내 등짝에 올라선 놈이 있다. 두 손과 무릎을 짚고 벌떡 일어나니 내 위에 올라섰던 놈이 오른쪽으로 풀썩 떨어졌다. 일어나서 보니 세 간(약 5미터) 정도 거리에서 건너편에 산미치광이의 커다란 몸집이 학생들 사이에 끼어 있다.

"그만해, 그만두라고. 싸움을 멈춰!"

산미치광이가 학생들에게 밀리면서 외쳤다.

"이봐, 도저히 안 되겠어."

이렇게 말해 봤지만 들리지 않는지 대답이 없다.

별안간 휘리릭 바람을 가르며 돌이 날아와 내 광대뼈를 맞히더니, 뒤에서도 막대기로 등을 후려갈기는 놈이 있다.

"선생 주제에 주먹질이네. 때려! 날려 버려!"

이런 소리가 들렸다.

"교사는 두 명이야. 커다란 놈과 작은 놈…… 돌을 던져!"

이런 소리도 들렸다.

"무슨 건방진 소리를 하는 거야? 시골뜨기 주제에!"

나는 옆에 있던 사범생의 머리통을 냅다 때려 줬다. 돌멩이가 또 피융 날아온다. 이번에는 내 짧은 머리를 살짝 스쳐 뒤쪽으로 날아갔다. 산미치광이는 어떻게 되었는지 보이지도 않는다. 이렇게 된 이상 어쩔 수 없다. 처음에는 싸움을 말리려고 뛰어들었지만, 두들겨 맞고 돌도 맞았는데 꽁무니를 뺄 겁쟁이가 어디 있단 말이냐. 내가 누군 줄 알고! 몸집은 작아도 싸움의 본고장에서 수련한 형님이란 말이다. 닥치는 대로 주먹을 날리고 또 얻어맞았다.

이윽고 소리가 들렸다.

"순사다, 순사가 왔다. 달아나! 어서!"

이제까지 뻑뻑한 반죽 속에서 헤엄치는 듯 꼼짝 못 하고 버둥거리던 몸이 갑자기 풀려났다. 적군도 아군도 한꺼번에 물러가 버렸다. 시골뜨기라도 삼십육계 줄행랑 솜씨는 빼어나다. 쿠로팟킨[50]보다 더 재빠르다.

산미치광이가 어떤지 쳐다봤다. 가문의 문장(紋章)을 넣은 홑겹 예복이 너덜너덜해진 채 저쪽에서 코를 닦고 있다. 콧잔등을 얻어맞아 피를 꽤 흘렸다고 한다. 코가 부어올라 새빨개지면 참으로 민망하다. 나는 잔무늬의 겹옷을 입고 있었기 때문에 흙투성이가 되기는 했어도 산미치광이의 옷만큼 너덜거리지는 않았다. 다만 뺨 언저리가 쓰라려서 견딜 수 없다. 산미치광이는 피가 적잖이 흘러내리고 있다고 가르쳐 준다.

순사 열대여섯 명이 출동했다. 학생들은 반대 방면으로 퇴각했기 때문에 잡힌 사람은 나와 산미치광이뿐이다. 우리는 이름을 대고 자초지종을 설명했다. 어쨌든 경찰서까지 가자고 하기에 서장 앞에서 사태의 전말을 해명하고 하숙집으로 돌아왔다.

---

50) Kuropatkin(1848~1925). 러시아 장군으로 러일 전쟁 때 일본에 패했다.

11

다음 날 눈을 떠 보니 온몸이 욱신거려 견딜 수 없다. 오랫동안 싸움을 하지 않았기 때문에 쑤시나 보다. 이래서야 싸움 좀 한다고 자랑할 수도 없겠구나 하고 이부자리에 누워 이런 생각을 하고 있는데, 할머니가 《시코쿠 신문》을 머리맡에 놓고 갔다. 실은 신문을 펼치는 것도 수고롭고 귀찮았지만, 사내가 이깟 일로 드러누워서야 체면이 서지 않는다는 생각에 억지로 엎드린 채 신문 2면을 펼쳐 보고는 화들짝 놀랐다. 어제 싸움에 관한 기사가 실렸다. 싸움 기사가 난 것은 별로 놀랍지 않았다. 그러나 신문에는 이렇게 쓰여 있다.

"중학교 교사인 홋타 모 씨와 새로 도쿄에서 부임한 건방진 모 씨가 선량한 학생들을 사주해 소동을 일으켰을 뿐 아니라 현장에서 학생들을 지휘하면서 함부로 사범생을 심하게 폭행했다."

이런 의견도 덧붙여 있었다.

"우리 고장의 중학교는 옛날부터 선량하고 온순한 기질로 인해 전국이 부러워했다. 그런데 경박한 두 풋내기 교사 때문에 우리 학교의 명성이 훼손당했다. 이에 우리 고장 전체가 불명예스러워졌으므로 우리는 분연히 일어나 책임을 묻지 않을 수 없다. 우리는 믿는다. 우리가 직접 관여하기 전에 당국자가 나서 이 무뢰한들에게 따끔한 처분을 내림으로써 그들이 다시는 교육계에 발을 들여놓지 못하도록 할 것을……."

그러면서 글자마다 전부 방점을 찍어 뜨끔한 맛을 보여 주라고 했다. 나는 이불 속에서 "염병할, 개똥이나 먹어라." 하면서 벌떡 일어났다. 이상하게도 방금 전까지 쑤시던 온몸의 관절이 일어나는 동작과 동시에 씻은 듯 가벼워졌다.

나는 신문을 둥글게 말아 마당에 내던졌다. 그래도 분이 풀리지 않아 일부러 변소에 가져가 똥통에 빠뜨렸다. 신문이란 터무니없는 거짓말을 뱉어 낸다. 세상에서 제일가는 허풍선이다. 내가 할 말을 전부 저쪽에서 떠들어 대고 있다. 게다가 '새로 도쿄에서 부임한 건방진 모 씨'가 도대체 뭐냐. 천하에 '모'라는 이름도 다 있나? 생각해 보라. 이래 봬도 엄연히 성도 있고 이름도 있다. 족보가 궁금하다면 다다노 만주 이래의 조상님을 한 사람도 남김없이 뵙도록 해 주마…….

세수를 했더니 뺨 언저리가 쓰라리다. 할머니에게 거울을 빌려 달라고 하니까 오늘 아침 신문을 봤느냐고 묻는다. 거울을 보니 어제와 똑같이 얼굴에 상처가 나 있다. 이래 봬도 소중한 얼굴이다. 얼굴에 생채기까지 났는데 건방진 모 씨라는 취급을 받는 것은 기어코 사양이다.

오늘 신문 때문에 겁을 먹고 학교를 쉬었다는 말을 들어서는 평생 불명예스러울 것이다. 밥을 챙겨 먹고 맨 먼저 출근했다. 이놈도 저놈도 내 얼굴을 쳐다보고 웃는다. 뭐가 우습다는 것이냐. 너희가 빚어 준 얼굴이라도 되느냐. 그때 알랑쇠가 왔다.

"아이고, 어제는 수고가 많았네……. 영광의 상처인가?"

송별회 때 얻어맞은 보복이라도 할 작정인지 유난스레 빈정거린다.

"이봐욧, 헛소리는 집어치우고 그림 붓이나 핥아먹고 있으라고."

"이크, 이거 미안하게 됐군. 그런데 꽤 아플 것 같은데?"

"아프든 말든 내 얼굴이야. 잔소리 들을 이유는 없다고!"

내가 소리를 질렀더니 건너편 자기 자리로 가 앉았다. 그래도 내 얼굴을 보면서 옆에 앉은 역사 교사와 속닥거리며 웃고 있다.

그 뒤로 산미치광이가 왔다. 보라색으로 퉁퉁 부은 그의 코를 볼작시면 고름이라도 터져 나올 것 같다. 우쭐거린 탓인지 나보다 훨씬 심하게 얻어맞았다. 나와 산미치광이의 책상은 나란히 붙어 있다. 옆자리에 앉는 가까운 사이인 데다 덤으로 책상이 교무실 입구에서 정면으로 보인다. 지지리 운도 없다. 엉망진창이 된 얼굴 두 개가 한데 뭉쳐 있다. 다른 놈들은 심심해졌다 싶으면 꼭 이쪽을 쳐다본다. 입으로는 "어쩌다가 그러셨어요?" 하지만 마음속으로는 틀림없이 '저런 바보 놈들!' 이라고 생각할 것이다. 그렇지 않으면 저런 식으로 수군거리며 키득키득 웃을 리 없다.

교실에 들어가자 학생들이 박수를 치며 맞아 준다. "선생님 만세"를 외치는 놈도 두세 명 있었다. 추어올리는 것인지, 놀려 먹는 것인지 분간할 수 없다. 나와 산미치광이가 이렇게 모든 이들에게 주목을 받는 가운데 빨강셔츠만 평소대로 옆으로 다가와 이렇게 말했다.

"참으로 뜻밖의 재난이었네. 자네가 딱해서 몸 둘 바를 모르겠군. 신문 기사는 교장 선생과 의논해서 잘잘못을 바로잡는 절차를 밟을 테니까 걱정할 것 없네. 내 동생이 홋타 군을 데리러 가는 바람에 이런 일이 일어났으니, 참으로 자네를 볼 면목이 없어. 이 건에 대해서는 어디까지나 온 힘을 다할 테니까 언짢게 생각하지 말게."

빨강셔츠는 이렇게 반쯤 사과하는 말을 늘어놨다. 교장은 3교시에 교장실에서 나왔다.

"신문에 난처한 기사가 나고 말았군. 일이 꼬이지 않으면 좋을 텐데."

교장은 걱정스러운 표정을 지었다. 나는 손톱만큼도 걱정하지 않았다. 학교가 면직시키려 하면 면직당하기 전에 사표를

내 버리면 그만이다. 그러나 잘못하지도 않았는데 내가 물러
선다면 허풍선이 신문이 더더욱 우쭐해할 뿐이다. 내용을 바
로잡고 내가 꼿꼿이 버티며 근무하는 것이 온당한 태도라고
생각했다. 돌아가는 길에 신문사로 담판을 지으러 갈까 했지
만 학교에서 기사를 취소하는 절차를 밟는다고 했기에 그만
두었다.

나와 산미치광이는 적당한 때를 노려 교장과 교감에게 일
단 거짓 없이 사실 그대로 설명했다.

"그러면 그렇겠지. 기자가 학교에 나쁜 감정을 품고 그런 기
사를 써서 실었겠지."

교장과 교감은 이렇게 단정했다. 빨강셔츠는 우리의 행위를
한 사람 한 사람에게 변호하면서 교무실을 돌아다녔다. 특히
자기 동생이 산미치광이를 불러낸 것을 자신의 과실이나 되
는 듯 떠들어 댔다. 모든 사람이 신문사가 나쁘다느니, 괘씸하
다느니, 두 사람은 실로 횡액을 당했다느니 하고 입을 모았다.

"교감에게서 수상한 냄새가 나. 조심하지 않으면 당할 거
야."

하숙집으로 돌아가는 길에 산미치광이가 주의를 주었다.

"어차피 냄새 나는 놈이었잖아. 오늘부터 냄새를 피운 것이
아니고……."

"자네, 아직 눈치 못 챘나? 그놈이 어제 일부러 우리를 불러
내서 싸움판에 끌어들인 거야."

과연 거기까지는 생각이 미치지 못했다. 산미치광이는 거칠
어 보이지만 나보다 지혜로운 녀석이라고 탄복했다.

“그런 짓을 꾸며 싸움을 시켜 놓고 금세 신문사에 손을 써서 그따위 기사를 쓰게 한 거라고. 정말 간교한 놈이야.”

“아니 신문사까지도 교감이랑 한 패거리야? 그것참 뜻밖인데. 그런데 교감이 하는 말을 신문이 그렇게 쉽게 들어준단 말이야?”

“들어주고말고. 신문사에 친구가 있으면 충분히 그럴 수 있지.”

“그런 친구가 있을까?”

“없다고 해도 기사는 낼 수 있어. 거짓말로 사실이 이러저러하다고 이야기하면 금방 기사를 써 주니까.”

“그런 몹쓸 짓을 한다고? 정말 교감의 계략이라면 우리는 이번 사건 때문에 해고당할지도 모르겠군.”

“상황이 나빠지면 그럴지도 모르지.”

“그렇다면 나는 내일 사표를 내고 당장 도쿄로 올라가 버려야지. 아무리 빌어도 이렇게 저급한 곳에 있기는 싫거든.”

“자네가 사표를 쓴다고 교감이 눈 하나 꿈쩍할 것 같은가?”

“그도 그렇군. 어떻게 하면 혼꾸멍을 내 줄 수 있을까?”

“그런 간사한 놈은 무슨 일이든 증거가 잡히지 않도록 일을 꾸미니까 반박하기 어렵지.”

“거참 골치 아프군. 그러면 누명을 쓰고 말잖아. 에잇, 재수 없어. 하늘이 내 편인지 그놈 편인지 모르겠네.”

“뭐, 이삼일 돌아가는 꼴을 좀 지켜보지 않겠나? 그래서 드디어 때가 왔다 싶으면 온천 마을에 가서 덜미를 잡아 족치는 수밖에 달리 방법이 없네.”

"싸움 사건은 싸움 사건으로 해 두고 말이지?"

"그렇지. 이쪽은 이쪽대로 저쪽의 급소를 콱 눌러 주자는 말이지."

"그것참 좋은 생각이야. 나는 꾀를 내는 데 서투르니 아무쪼록 잘 부탁할게. 일단 일이 벌어지면 무슨 일이든 할 테니까."

나와 산미치광이는 이런 대화를 마치고 헤어졌다. 빨강셔츠가 과연 산미치광이의 짐작대로 뒤에서 일을 꾸몄다면 천하에 고약한 놈이다. 잔머리 쓰는 싸움으로는 도저히 이길 수 없다. 아무래도 주먹이 아니면 안 되겠다. 과연 세상에 전쟁이 끊이지 않는 이유가 다 있게 마련이구나. 개인적으로도 결국에 가서는 법보다 주먹이다.

다음 날 신문이 오는 것을 기다렸다가 펼쳐 보니 잘못을 바로잡기는커녕 기사를 취소했다는 알림도 보이지 않는다. 학교에 가서 너구리에게 재촉하니 "내일쯤 나오겠지요." 한다. 다음 날 6호 활자로 조그맣게 취소 공지가 나왔다. 그러나 물론 신문사에서는 정정 기사를 내지 않았다. 다시 한번 교장을 찾아가 담판을 지었더니 더는 수속을 밟을 방법이 없다고 대답한다. 교장은 너구리 같은 얼굴에 잘난 척 프록코트를 입고 있지만 생각 외로 힘이 없는 자다. 허위 기사를 게재한 시골 신문 하나도 사죄시킬 힘이 없다니……. 화가 머리끝까지 치밀었다.

"그럼 제가 혼자 찾아가 주필과 담판을 짓지요."

"그러면 못쓰네. 자네가 따지고 들면 험담만 더 쓸 뿐이야.

그러니 신문에 실린 기사는 거짓말이든 사실이든 결국 어쩔 수 없네. 단념하는 수밖에……."

교장은 중이 설법을 논하듯 논설을 펼친다. 신문이 그런 것이라면 하루라도 빨리 뭉개 버리는 쪽이 우리에게 이익일 것이다. 신문에 나는 일과 자라에게 물리는 일이 어금버금하다는 사실이야말로 오늘 바로 이 자리에서 너구리의 설명 덕분에 깨우쳤다.

그로부터 사흘이 지난 어느 날 오후, 산미치광이가 분연한 모습으로 다가왔다.

"드디어 때가 왔네. 이제 계획을 단행해야겠어."

"그래? 그러면 나도 하겠네."

나는 즉석에서 산미치광이 도당에 가입했다.

"자네는 그만두는 것이 좋아."

산미치광이가 고개를 외로 틀었다.

"왜?"

"교장에게 불려가 사표를 내라는 말을 들었나?"

"아니, 그런 말은 못 들었는데? 자네는 들었어?"

"오늘 교장실에 갔더니 참 딱하게 됐지만 사정이 어쩔 수 없으니 마음을 정해 달라고 하더군."

"그런 판결이 어디 있어? 너구리 교장이 실컷 먹고 뱃가죽을 두드리다 못해 밥통이 거꾸로 뒤집혔나 보군. 자네와 내가 함께 승전 축하식에 나갔고, 함께 번쩍거리는 고치 칼춤을 봤고, 함께 싸움을 말리려고 뛰어갔잖나. 사표를 내라고 할 것 같으면 공평하게 둘 다한테 내라고 해야지. 어째서 시골 학교는 그렇게 사리 분별을 못 하지? 참, 기가 막히는군."

"교감이 뒤에서 조종하고 있기 때문이지. 나와 교감은 지금까지 겪어 온 일을 보건대 도저히 양립할 수 없네. 자네는 지금 그대로 둬도 해가 되지 않는다고 생각하는 거야."

"내가 교감이랑 양립할 수 있다고? 해가 되지 않는다고 판단하다니 참으로 가소롭군."

"자네는 지나치게 단순하니까 그대로 둬도 어쨌든 그냥 넘어갈 수 있다고 생각하는 것이겠지."

"그건 더 나빠. 누가 양립해 줄 줄 알고?"

"게다가 고가 선생이 떠나고 나서, 후임이 사고 때문에 아직 오지 못했잖아? 그런데 자네와 나를 동시에 내쫓으면 수업에 지장이 생기니까 그냥 두려는 게지."

"그렇다면 나를 적당히 시간 때우는 용으로 써먹을 생각이군. 빌어먹을 자식, 누가 그 손에 놀아날 줄 알아?"

이튿날 학교에 가자마자 교장실에 들러 담판을 시작했다.

"왜 저한테는 사표를 내라고 하지 않으십니까?"

"뭐라고?"

너구리는 어처구니없다는 표정을 지었다.

"홋타한테는 내라 하고 저는 내지 않아도 된다고 하는 법이 어디 있습니까?"

"그거야 학교 사정이……."

"그 사정이 틀린 것 아닙니까? 제가 사표를 내지 않아도 된다면 홋타도 사표를 낼 필요가 없겠지요."

"그 점에 대해서는 설명하기가 좀 어렵네만……. 홋타 군은 어쩔 수 없이 학교를 떠나야 하지만, 자네는 사표를 낼 필요가 없으니까 그런 걸세.”

과연 너구리답다. 요령부득한 말만 늘어놓을 뿐 아니라 침착하기까지 하다. 나는 어쩔 수 없이 이렇게 선언했다.

“그러면 저도 사표를 내겠습니다. 훗타 혼자만 사직서를 내게 하고 제가 마음 편하게 지낼 수 있으리라고 생각하셨는지 모르겠지만, 그런 몰인정한 짓은 못 하겠습니다.”

“그러면 안 되네. 훗타 선생도 가 버리고 자네도 가 버리면 수학 수업이 전혀 이루어지지 않잖나?”

“수업이 안 되는 말든 제가 알 바 아닙니다.”

“자네 그렇게 멋대로 말하면 못쓰네. 조금은 학교 사정도 살펴야 하지 않겠나? 게다가 지금 부임한 지 한 달도 되지 않았는데 사표를 낸다면, 자네 이력에도 흠이 될 것이야. 그러니 좀 더 신중하게 생각하는 편이 좋지 않겠는가?”

“이력 따위가 무슨 상관입니까? 이력보다는 의리가 중요합니다.”

“그것참 훌륭하군. 자네가 하는 말이 다 맞네만, 내가 하는 말도 좀 생각해 주게. 자네가 꼭 사직하겠다면 후임 교사가 올 때까지만 수업을 맡아 주게. 여하튼 집에 가서 한 번 더 생각해 보게나.”

다시 생각해 보다니, 무슨 소리람! 다시 생각하고 말고 할 것도 없이 명명백백한 사태다. 하지만 너구리가 시퍼레졌다 시뻘게졌다 하는 꼴이 불쌍해서 일단은 다시 생각해 보겠다고 하고 물러났다. 빨강셔츠에게는 말도 붙이지 않았다. 어차피 쳐부술 생각이라면 확실하게 쳐부수어야 한다.

산미치광이에게 너구리와 담판 지은 이야기를 해 줬다.

"대강 그럴 줄 알았네. 사표는 결정적인 때가 될 때까지 그대로 내버려 둬도 상관없을 거야."

나는 산미치광이 말대로 하기로 했다. 아무래도 산미치광이가 나보다는 머리가 좋은 것 같으니까 그의 충고에 따르기로 한 것이다.

결국 사표를 낸 산미치광이는 교직원 일동에게 고별인사를 하고 선창가의 미나토야까지 내려갔다. 그러고는 사람들 모르게 온천 마을로 되돌아와 길가가 내다보이는 마스야 여관 정면 2층에 숨어들어 장지문에 구멍을 내고 바깥을 내다보기 시작했다. 이 사실을 아는 사람은 나뿐일 것이다. 빨강셔츠가 남의 눈을 속이고 오려면 어차피 밤이어야 한다. 더구나 초저녁에는 학생이나 남의 눈이 있으니까 적어도 9시가 넘어야 할 것이다. 처음 이틀은 나도 11시쯤까지 망을 봤지만 빨강셔츠는 그림자도 보이지 않았다. 사흘째에는 9시부터 10시 반까지 내다봤지만 역시 허탕이었다. 헛물을 켜고 한밤중에 하숙집을 돌아오는 것처럼 바보스러운 짓은 없다.

네댓새가 지날 무렵부터 하숙집 할머니가 약간 걱정하기 시작했다. 부인도 있는 남자가 밤늦게 놀러 다니는 일은 하지 않는 것이 좋다고 충고했다. 흥, 그렇게 밤에 놀러 다니는 것과는 차원이 다르다고! 나는 하늘을 대신해 천벌을 내리기 위해 밤에 돌아다니고 있단 말입니다. 그렇지만 일주일이나 다녔는데도 아무런 징조가 보이지 않자 슬슬 싫증이 나기 시작했다. 나는 성질이 급하기 때문에 열심히 할 때는 밤을 꼴딱 새우면서 하지만, 그 대신 무슨 일이든 오래간 예가 없다. 아무리 천벌당을 자처하더라도 싫증이 나는 일임에는 변함이 없다. 엿새째에는 조금 하기 싫어졌고, 이레째에는 그만 쉬어 볼까 생각했다.

나에 비하면 산미치광이는 끄떡하지 않고 버텼다. 초저녁부터 12시까지 장지문에 눈을 바싹 대고 둥그런 등피를 씌운 가도야의 가스등 아래를 꼼짝 않고 노려본다. 내가 가면 오늘은 손님이 몇 명 와 있고, 숙박자가 몇 명, 여자가 몇 명, 이런 식으로 통계를 말해 주는 데는 버쩍 놀랐다.

"이거야 원, 그놈, 안 오는 게 아닐까?"

"그러게, 틀림없이 올 텐데 말이야."

산미치광이는 이따금 팔짱을 끼고 한숨을 짓는다. 가엾게도 만약 빨강셔츠가 여기에 한번 와 주지 않는다면 산미치광이는 평생 천벌을 내리지 못한다.

여드레째에는 7시쯤 하숙집을 나섰다. 우선 느긋하게 온천에 들어갔다가 동네에서 계란을 여덟 개 샀다. 이것은 하숙집 할머니의 고구마 공세에 대응하기 위한 방책이다. 계란을 네 개씩 양쪽 옷소매에 넣고, 예의 빨간 수건을 어깨에 걸치고, 두 손을 소매에 넣은 채 마스야의 계단을 올라 산미치광이의 방 장지문을 열었다.

"이것 봐, 이제 곧 일이 벌어질 것 같아."

위타천[51] 같은 얼굴에 갑자기 화색이 돌았다. 엊저녁까지 조금 기가 죽은 모습이라 곁에서 보는 나조차 우울할 정도였지만, 오늘 낯빛을 보니 나도 불현듯 기쁜 마음이 들어 이야기를 듣기도 전에 말이 나왔다.

"그래? 잘됐군. 잘됐어."

"오늘 저녁 7시 30분쯤 고스즈라는 게이샤가 가도야로 들어갔어."

"교감이랑 함께 말이야?"

"아니."

"그럼 소용없잖아?"

"게이샤가 둘이었는데…… 아무래도 무슨 일이 있을 것 같아."

"어째서?"

"어째서라니? 그놈은 교활하니까 게이샤를 먼저 들여보내고 나중에 몰래 들어갈지 모르잖아."

"그럴지도 모르겠군. 벌써 9시 아닌가?"

"아직 9시 12분밖에 안 됐네."

그는 허리띠 사이에서 니켈로 만든 시계를 꺼내 보면서 이렇게 말했다.

"이봐, 램프 꺼. 장지문에 빡빡머리가 두 개나 비치면 수상하잖아. 여우는 금방 의심하는 법이네."

나는 옻칠을 한 책상 위의 램프를 훅 불어 꺼 버렸다. 별빛을 받아 장지만 살짝 밝다. 달은 아직 뜨지 않았다. 나와 산미

---

51) 韋陀天. 불법을 지키는 신장(神將). 달음질을 잘한다고 한다.

치광이는 눈이 빠져라 장지에 얼굴을 대고 숨을 죽였다. 괘종시계가 땡하고 9시 반을 알렸다.

"저기 말이야, 과연 올까? 오늘 밤 오지 않으면 나는 더 이상 못 할 것 같아."

"나는 돈이 떨어질 때까지 계속할 참이야."

"돈은 얼마나 있는데?"

"오늘까지 여드레 치로 5엔 60전을 치렀어. 언제라도 뛰쳐나갈 수 있도록 매일 밤 계산해 두고 있지."

"아, 그것참 엽렵하네그려. 여관에서 놀라고 있겠군."

"여관은 상관없는데 한시도 마음을 놓을 수 없으니, 그게 힘들군."

"그 대신 낮잠은 자겠지?"

"낮잠은 자지만 외출을 못 하니 갑갑해 죽겠어."

"천벌을 내리는 것도 뼈를 깎는 일이군. 이러다가 천망이 회회해서 악인을 놓친다면[52] 얼마나 허망하겠나."

"무슨 소리! 오늘 밤은 꼭 올 거야……. 이봐, 저것 좀 보라고."

산미치광이가 목소리를 낮추자 나도 모르게 가슴이 덜컹 내려앉았다. 검은 모자를 쓴 남자가 가도야의 가스등을 올려다보며 어두운 쪽으로 갔다. 잘못 짚었다, 이런, 이런. 그러는 동안 여관의 계산대에 있는 시계가 거침없이 10시를 쳤다. 오

---

52) "천망(天網)은 회회(恢恢)하여 소이불루(疎而不漏)라."(『노자』 73장)에 입각하고 있지만 강담 등에서도 자주 쓰이는 관용구다. 하늘의 법망은 얼핏 보기에 성긴 듯해도 결국 악인은 빠져나가지 못하고 잡힌다는 뜻.

늘 밤도 결국 틀렸나 보다.

세상이 몹시 고요해졌다. 유곽에서 울리는 북소리가 손에 잡힐 듯 가까이 들린다. 온천이 있는 산 뒤편에서 달이 불쑥 얼굴을 내밀었다. 거리가 훤하다. 그러자 아래쪽에서 사람 소리가 들리기 시작했다. 창문으로 고개를 내밀 수 없으니 정체를 확인할 수는 없지만 점점 더 가까이 오는 모양이다. 딸깍딸깍 나막신 끄는 소리가 난다. 실눈을 뜨고 노려보니 겨우 두 사람의 그림자가 보일 만큼 가까워졌다.

“이제야 안심이네요. 방해물을 치웠으니까.”

틀림없이 알랑쇠의 목소리다.

“센 척만 하고 꾀가 없으니까 당하는 수밖에 없지.”

이 목소리는 빨강셔츠다.

“그 작자도 바보 같은 녀석과 닮았네요. 그 바보 같은 녀석으로 말할 것 같으면 용맹한 도련님이니까 애교라도 있습지요.”

“월급을 올려 준다는데 굳이 싫다며 사표를 내겠다고 우기니 말이야. 분명히 정신에 이상이 있는 것일세.”

나는 창문을 열고 2층에서 뛰어내려 닥치는 대로 주먹을 날리고 싶었지만 가까스로 참았다. 두 사람은 하하하하 웃으면서 가스등 아래를 지나 가도야로 들어갔다.

“여봐.”

“그것 보라고.”

“왔어.”

“드디어 왔군.”

“인제 안심이야.”

“알랑쇠 이놈, 나를 용맹한 도련님이라고 놀리다니.”

“방해물이라는 건 나를 두고 한 말일 테지. 무례하기 짝이 없는 놈 같으니.”

나와 산미치광이는 두 사람이 돌아가는 길을 덮쳐야 한다. 그러나 두 놈이 언제 기어 나올지 짐작할 수 없다. 산미치광이는 아래층으로 내려가 어쩌면 오늘 밤중에 볼일이 생겨 나갈지도 모르니까 언제든 나갈 수 있게 해 달라고 여관집에 부탁했다. 지금 생각하니 여관도 꽤 편의를 봐준 셈이다. 웬만하면 도둑놈으로 오해받을 일이다.

빨강셔츠가 오기만 무턱대고 기다리는 일도 괴로웠지만 나오기를 가만히 기다리기는 더욱 괴롭다. 잠을 잘 수도 없고 시종 장지문 틈으로 노려보기도 괴롭다. 이리 해도 저리 해도 마음이 놓이지 않는다. 이토록 안절부절못한 적은 일찍이 없었다. 차라리 가도야로 들어가 현장을 덮치자고 제안하자, 산미치광이가 한마디로 내 뜻을 물리쳤다. 우리가 지금 뛰어들어 덮친다면 난폭한 놈으로 몰려 도중에 제지를 당할 것이다. 사정을 대고 면회를 요구하면 자리에 없다면서 도망가든지 별실로 안내할 것이다. 아닌 밤 홍두깨처럼 무턱대고 쳐들어간다고 가정해 본들 몇십 칸이나 되는 방 어디에 들어가 있는지 알 수 있을 리 없다. 산미치광이는 갑갑하더라도 그들이 나오기만 기다리는 수밖에 방도가 없다고 했다. 시간이 지나고 결국 아침 5시까지 견뎠다.

가도야에서 나오는 두 사람의 그림자를 보자마자 나와 산미치광이는 금세 뒤를 따라붙었다. 아직 기차가 다니지 않아 두 사람 다 성 안까지 걸어가야 한다. 온천 마을을 벗어나면 한 정(약 109미터) 정도 삼나무 가로수가 늘어서 있고 좌우 양쪽은 온통 밭이다. 거기를 벗어나면 여기저기에 초가가 있고, 밭 가운데를 똑바로 질러가면 성 안까지 통하는 둑이 나온다. 마을만 벗어나면 어디에서 한판 붙든 상관없지만 되도록이면 인가가 없는 삼나무 가로수 근처에서 붙잡으려고 들키지 않게 뒤따라갔다. 마을을 벗어나자마자 득달같이 달려가 쏜살같이 뒤쪽에서 따라붙었다. 누가 오는지 놀라 뒤돌아보는 놈들에게 "이봐, 잠깐 거기 서." 하며 어깨를 잡았다. 알랑쇠가 낭패한 기색으로 달아나려는 낌새를 보이기에 앞을 질러 나가 길을 막아섰다.

"교감이라는 직책을 맡은 자가 가도야 같은 곳에서 왜 외박을 하는 겁니까?"

산미치광이가 단도직입적으로 캐물었다.

"교감은 가도야에 가서 자면 안 된다는 법이라고 있나?"

빨강셔츠는 의연하게 정중한 말투를 구사한다. 얼굴색은 조금 창백하다.

"학생들에게 모범을 보이기 위해 메밀국숫집이나 경단집에 가는 것도 안 된다고 점잔을 빼는 사람이 어째서 게이샤하고 여관에 들어가는 거죠?"

알랑쇠가 틈만 나면 도망치려고 하는 바람에 나는 바싹 앞을 막아섰다.

"바보 같은 도련님이라는 게 무슨 말이냐?"

이렇게 호통쳤다.

"아니, 그건 자네 이야기가 아니야. 전적으로 오해라고."

알랑쇠가 철면피처럼 구차한 변명을 둘러댄다. 이때 문득 정신을 차려 보니 두 손으로 소맷자락을 쥐고 있었다. 뒤를 쫓을 때 소매에 넣은 달걀이 덜렁거리면 안 되니까 두 손으로 꼭 붙잡고 온 것이다. 나는 느닷없이 소매에 손을 넣어 계란을 두 개 꺼내서는 이얍 하고 외치면서 알랑쇠 면상에 내던졌다. 계란이 탁 깨지며 콧등에서 노른자가 줄줄 흘러내렸다. 알랑쇠는 어지간히 간이 졸아붙었는지 에구에구 하면서 엉덩방아를 찧으며 살려 달라고 했다. 먹으려고 계란을 산 것이지 사람에게 던지려고 소매 속에 넣지는 않았다. 다만 짜증이 치민 나머지 던지겠다는 의식조차 없이 홧김에 던져 버렸을 뿐이다. 그러나 알랑쇠가 엉덩방아 찧는 것을 보고 비로소 내가 성공했다는 것을 깨달았다.

"이 개자식! 염병할 자식!"

남은 계란 여섯 개를 닥치는 대로 던졌다. 알랑쇠의 낯짝이 온통 누렇게 변해 버렸다.

내가 계란을 던지며 공격하는 동안에 산미치광이와 빨강셔츠는 아직도 한창 담판 중이었다.

"내가 게이샤를 데리고 내가 여관에 머물렀다는 증거가 있나?"

"초저녁에 당신이 잘 아는 게이샤가 가도야에 들어가는 것을 이 눈으로 똑똑히 봤소. 어디서 어물쩍 넘어가려고 하지?"

"어물쩍 넘어갈 필요도 없네. 나는 요시카와 군과 둘이서 잤으니까. 게이샤가 초저녁에 들어왔는지 아닌지는 내 알 바 아니네.”

“입 닥쳐.”

산미치광이가 주먹을 날렸다. 빨강셔츠가 비틀거렸다.

“이건 난폭한 짓이야. 폭행이라고! 옳고 그름을 따지지 않고 완력으로 대하는 건 무법일세.”

“무법도 황송한 줄 아시오.”

다시 퍽 하고 때린다.

“당신처럼 간사한 놈은 얻어맞아야 정신을 차리지. 도무지 답이 없거든.”

또 퍽퍽 주먹을 날린다. 나도 동시에 알랑쇠를 흠씬 두들겨 팼다. 나중에는 두 사람 다 삼나무 밑둥치에 쭈그리고 앉는다. 움직이지를 못하는 것인지 눈앞이 어질어질한 것인지 달아날 기미도 보이지 않는다.

“이제 알 만한가? 아직도 모르겠다면 더 때려 주지.”

그러면서 두 놈을 퍽퍽 두들겨 줬다.

“알았네. 제발 그만…….”

빨강셔츠가 말했다.

“너도 알겠냐?”

알랑쇠에게 물었다.

“물론 알고말고.”

이런 대답이 돌아왔다.

“너희가 간사하기 짝이 없어 이렇게 천벌을 내리는 것이다. 자, 넌더리가 났으면 앞으로는 근신하는 것이 좋을걸. 아무리 교묘한 언변으로 둘러대도 정의는 용서하지 않을 테니까.”

산미치광이의 말에 두 놈 다 입을 꾹 다물었다. 어쩌면 대꾸할 힘도 없을지 모른다.

“나는 도망가지도 않고 숨지도 않아. 오늘 저녁 5시까지는 선창가의 미나토야에 있을 거야. 볼일이 있으면 순사든 뭐든 보내도록 해.”

산미치광이가 이렇게 말하는 것을 듣고 나도 말했다.

“나도 도망가거나 숨는 짓은 하지 않을 거야. 홋타와 같은 곳에서 기다리고 있을 테니 경찰에 고소하고 싶으면 마음대로 고소해.”

이렇게 말하고 우리 둘은 터덜터덜 걷기 시작했다.

하숙집에 돌아온 시각은 7시 조금 전이었다. 방에 들어와 곧장 짐을 꾸리기 시작했더니 할머니가 놀라서 물었다.

“왜 그럽니꺼?”

“도쿄에 가서 마누라를 데리고 오려고요.”

이렇게 대답하고 하숙비를 치른 다음 곧장 기차를 타고 선창가의 미나토야에 도착했다. 산미치광이는 2층에서 자고 있었다. 나는 바로 사표를 쓰려고 했지만 무슨 말을 써야 할지 알 수 없었다.

“일신상의 사정이 있어 사직하고 도쿄에 돌아가려고 하옵니다. 원컨대 양해해 주시기 바랍니다. 이상.”

이렇게 써서 교장 앞으로 우편을 발송했다.

기선은 저녁 6시에 출발한다. 산미치광이도 나도 피곤해서 쿨쿨 잠이 들었다. 눈을 떴을 때는 오후 2시였다. 하녀에게 경찰이 오지 않았느냐고 물으니까 오지 않았다고 한다.

"교감도 미술 선생도 고소하지 않은 모양이군."

둘이서 크게 웃었다.

그날 밤 나와 산미치광이는 이 부정한 고장을 떠났다. 배가 선창을 떠나 멀어지면 멀어질수록 속이 시원해졌다. 고베에서 도쿄까지는 직행이었다. 신바시에 도착했을 때는 사바세계를 떠난 듯한 기분이 들었다. 산미치광이하고는 그 길로 헤어져 오늘날까지 만나지 못했다.

참, 할멈 이야기를 잊고 있었다. 나는 도쿄에 도착하자마자 하숙집에도 들르지 않고 가방을 든 채 할멈을 찾아갔다.

"할멈, 나 왔어!"

이러면서 뛰어 들어갔다.

"아이고, 도련님, 어떻게 이렇게 빨리 오셨어요?"

할멈이 눈물을 주루룩 흘렸다.

"이제 시골에는 가지 않을 거야. 도쿄에서 할멈이랑 같이 살 집을 구해야지."

나도 얼마나 기쁘던지 이렇게 말했다.

그 후 어떤 사람의 주선으로 시내 전차의 기사 보조가 되었다. 월급은 25엔이고 집세는 6엔이다. 현관 달린 집이 아니어도 할멈은 무척 만족스러운 눈치였다. 그러나 가엾게도 올해 2월에 폐렴에 걸려 저세상으로 떠나 버렸다. 할멈은 죽기 전날 나를 불러 이렇게 말했다.

“도련님, 극락왕생하도록 내가 죽으면 도련님 집안의 절에
묻어 줘요. 무덤 속에서 도련님을 기다리고 있을게요.”
　그래서 지금 할멈의 무덤은 고비나타의 요겐지에 있다.

『도련님』 읽기

　나쓰메 소세키가 1906년에 발표한 『도련님(坊っちゃん)』은 일본 근대 문학 중 가장 유명한 작품에 속한다. 일본에서는 국어 교과서에도 실려 있다고 하니까 이른바 ‘국민 문학’이라고 불러도 손색이 없을 듯하다. 이 말인즉슨 남녀노소 가리지 않고 누구나 읽을 수 있는 작품이라는 뜻이기도 하다.

　과연 『도련님』은 어떤 이유로 굳건하게 높은 인기를 유지하고 있을까? 시골 학교로 내려가 좌충우돌하는 ‘도련님’의 진면목은 어디에 있을까? 무엇보다도 2025년 하반기에 접어든 오늘날, 한국 독자들이 120년이나 전에 나온 『도련님』을 읽을 만한 까닭은 무엇일까? 우리가 『도련님』을 읽고 얻어갈 수 있는 마음의 양식이나 교양이 있다면 무엇이 있을까? 도련님의 모습을 거울로 삼으면 ‘지금 여기’의 우리를 새롭게 돌아볼 수 있을까? 과연 소세키가 '도련님'을 통해 드러내려고 한 문학적 진실은 이 순간 우리에게도 의미가 있을까?

1

　이 작품 도입부에 드러난 도련님의 가정 환경은 그다지 녹록지 않아 보인다. 물질적으로는 여유가 있는 편인 듯하나 가족관계가 원만치 못하기 때문이다. 어머니는 맏아들에게 애착이 강했는지 형을 편애하는 한편, 도련님은 성격이 거칠고 막돼먹었다고 여기고 둘째 아들을 보듬기보다는 염려하기만 한다. 아버지는 한발 더 나아가 내놓고 장남을 우대하는 한편, 도련님을 '글러 먹은 놈'이라고 욕하며 늘 못마땅하게 여긴다.
　그나마 도련님을 걱정해 주던 어머니는 일찍 세상을 떠났고, 아버지와는 부자 인연을 끊겠다고 결심할 만큼 심한 갈등을 겪는다. 하나뿐인 형은 일일이 부딪칠 만큼 성격이 맞지 않아 우애는커녕 형제 사이가 삐끗 어긋나기만 하고 냉랭하기 짝이 없다. 결국 부모를 여의고 유일한 혈육인 형과 남처럼 멀어지자 도련님은 고아나 진배없는 외톨이 신세가 된다.
　기요 할멈은 하녀지만 도련님이 집안에서 유일하게 위안과 애정을 느끼는 사람이다. 애정이 결핍한 가정 안에서 기요만은 늘 도련님을 품어 주고 돌보아 주었다. 도련님은 기요의 편애가 과도하고 공정하지 않다는 생각에 부담스러워하기도 한다. 겉으로는 그녀를 퉁명스럽게 대하지만, 속으로는 정을 느

낄 뿐 아니라 기요의 인품이 바르다는 점을 인정한다.

가족의 인연이 다하고 홀로 세상에 남은 도련님에게 성인으로 성장할 변화의 계기가 찾아온다. 아버지가 남긴 상속분을 거의 차지한 형이 도련님에게 600엔을 양도한 것이다. 형에게 의탁하지 않고 오롯이 독립적으로 살아가고 싶었던 도련님은 일방적인 상속 배분에 군말 없이 동의하고, 삼 년 동안 공부하는 데 그 돈을 쓰자고 결심한다.

물리 학교(현재 도쿄 이공대학)에 진학하여 무사히 졸업한 도련님은 시골 중학교에 수학 교사로 부임한다. 여기가 이 소설의 도입부다. 이 소설은 교사 부임을 위해 도쿄를 떠난 도련님이 우여곡절 끝에 교사를 사임하고 다시 도쿄로 돌아오는 한 달 동안의 이야기를 풀어 나간다.

세상에는 화목한 가정에 태어나 가족과 마음을 터놓고 친밀한 관계를 유지하는 행운이 따르는 사람도 있지만, 안타깝게도 도련님은 가족과 동떨어진 곳에서 홀로 자기 삶을 개척해 나간다. 상속에 연연하지 않고 형이 나누어 준 돈 600엔으로 공부의 길을 선택함으로써 자기 삶의 책임을 스스로 지고자 하는 도련님의 모습은 어쩐지 '금수저'라는 말이 횡행하는 작금의 사정과 대조적으로 의연하고 의젓해 보이기도 한다.

누구의 잘못이라고 할 수는 없지만, 도련님은 타고난 성정 탓인지 부모에게 제대로 인정받지 못했고 가족 누구와도 성격이 맞지 않아 마음을 터놓지 못했다. 부모 형제와 사이가 원만하지 못했기 때문에 말 그대로 외톨이가 되었다. 그러나 바로 그런 까닭에 도련님은 '자립(自立)'의 조건을 자발적으로

선택하고 자기 힘으로 세상과 당당하게 맞서는 늠름한 청년이
되었다.

2

　시골 중학교라는 낯선 환경에서 도련님은 사회 초년생의 길
을 걷기 시작한다. 세상과 타협할 줄 모르고 고지식한 탓에
주위와 곧잘 충돌과 갈등을 일으키는 도련님의 성격은 교사
생활 속에서 이전보다 훨씬 더 명료하게 두드러지기도 한다.
예나 지금이나 학교와 사회는 천양지차인 법이다.
　결말을 미리 말하자면 도련님은 새로 부임한 중학교에서 계
속 근무하지 못하고 사직이라는 파국으로 치닫는다. 그렇게
된 결정적인 계기는 세 가지 사건으로 요약할 수 있다. 첫 번
째는 '숙직 사건'이다. 학생들은 숙직을 서는 도련님의 이부자
리에 메뚜기를 잡아넣는 장난을 친다. 그런데 학생들은 장난
을 치고도 자기들이 저지른 짓이라고 시인하지 않고 발뺌만
한다. 교사에게 장난을 치는 일은 얼마든지 있을 수 있으나,
다만 장난을 들켰을 때는 정정당당하게 자기의 행위를 인정하
고 사과하는 것이 남자다운 기백이자 떳떳한 태도라고 생각하
기에 도련님은 학생들에게 화가 났다.
　시골 학생들이 어째서 도쿄에서 내려온 새 교사를 존중하
지 않았는지는 알 수 없으나, 분명히 학생들의 태도는 당당하
지도 못하고 정의롭게 보이지도 않는다. 비겁한 성정을 용납할

수 없었던 도련님은 학생들에게 공식적으로 사과하라고 강력하게 요구한다. 학교 측은 이 문제를 처리하기 위해 교무 회의까지 열었으나, 웬일인지 학생들을 올바르게 지도하려고 하지 않고 도리어 도련님에게 책임을 미루고 회유하는 등 자꾸 문제를 무마하려고만 한다. 사리 분별을 흐리고 합리적인 판단을 배제하는 온정주의의 정치가 작동하는 모습에 도련님은 더욱 분개한다.

이렇듯 일련의 사건을 통해 도련님과 학생들, 도련님과 학교 측 사이의 갈등이 표면화하는 가운데 두 번째로 '마돈나 사건'이 벌어진다. 마돈나라는 여성은 원래 끝물호박(영어 교사)의 약혼자였으나 남자 쪽 집안의 가세가 기울자 빨강셔츠(교감) 쪽으로 마음이 기운 듯하다. 표면적으로는 연애 사건으로 보이지만 단순한 변심에 따른 삼각관계는 아니다. 마돈나 사건 이면에는 의리냐 물질이냐, 정의냐 기회주의냐 하는 가치관의 대립이 치열하게 벌어지고 있다.

어느 날 도련님은 우연히 마돈나와 산책하는 빨강셔츠를 목격하고, 나중에 그가 마돈나를 손에 넣기 위해 교감이라는 지위와 권력을 남용하여 끝물호박이 먼 지방으로 전임 가도록 일을 꾸몄다는 사실을 알게 된다. 마음이 약하고 선한 끝물호박은 강압적이고 불합리한 전근 명령을 어쩔 수 없이 받아들이고 학교를 떠나기로 한다. 이런 사정을 파악한 도련님은 당연히 끝물호박을 동정하고 빨강셔츠에게 분노한다. 특히 끝물호박을 위한 송별회마저 이별을 아쉬워하는 모임이 아니라 자기들끼리 술을 마시고 기분을 내는 자리였다는 것을 깨닫고 교사 집단에 환멸을 느낀다.

마지막으로 세 번째는 도련님의 사직에 결정적인 계기를 제공한 '빨강셔츠 응징 사건'이다. 러일전쟁의 승리를 기념하기 위한 전승식 행사 현장에서 중학교와 사범학교 학생들 사이에 주먹다짐을 벌어졌는데, 도련님과 산미치광이(수학 주임)는 학생들의 싸움을 말리려다가 도리어 싸움에 휘말리고 만다. 도련님은 급기야 경찰서에 출두해 사태의 전말을 해명했고 이로써 사태는 일단락되었다고 여겼다.

그러나 엉뚱하게도 다음날 신문에 도련님이 학생들에게 싸움을 사주했다는 가짜 뉴스 기사가 《시코쿠 신문》에 실린다. 도련님과 산미치광이는 자기 의도대로 따라 주지 않는 두 사람에게 압력을 행사하고자 빨강셔츠가 몰래 꾸민 짓이라고 짐작한다. 결국 이 일로 산미치광이는 사표를 쓰고, 두 사람은 힘을 합해 빨강셔츠를 단죄하기로 마음먹는다. 부정한 행위를 현장에서 폭로하기로 모의한 둘은 여관에 방을 잡고 며칠이고 망을 본 끝에 유곽을 출입한 빨강셔츠와 알랑쇠를 붙잡아 주먹으로 응징한다.

이 세 가지 사건은 도련님이 얼마나 직선적이고 자존심 강하고 불의에 굽힐 줄 모르는 성격인지 충분히 드러낸다. 이후의 전개는 간결하고 담백하다. 사표를 내던지고 시골 중학교를 떠난 도련님은 도쿄로 돌아와 시내 전차의 기사 보조라는 새로운 직업을 얻는다. 또한 평소에 내심 바라던 대로 도련님은 집을 얻어 할멈과 함께 지낸다. 하지만 안타깝게도 올해 2월 할멈은 폐렴에 걸려 세상을 떠난다.

도련님이 교사로서 첫발을 내디딘 세상은 물질주의와 기회주의가 판치는 부정한 사회의 축소판이었다. 그곳은 그가 자신의 정체성과 개성과 명예를 온전히 지킬 수 있는 안온한 곳이 결코 아니었다. 다만 시골로 내려올 때는 외톨이었으나 중학교에서는 의기투합하여 불의에 함께 맞서는 산미치광이라는 친구를 얻었다.

3

'도련님'은 신분의 격차가 남아 있는 전근대의 호칭으로 집안에서나 통할 법하다. 그래서 오늘날 도련님이라는 말은 어색하고 우스꽝스럽게 들린다. 학교라는 울타리를 벗어나 세상 밖으로 발을 내디딘 청년, 새로운 사회적 지위를 부여받고 새 시대를 살아가는 청년에게 도련님이라는 호칭은 더는 통하지도 않고 어울리지도 않는다. 우리의 주인공은 이제 어른으로서 한몫을 해내기 위해 도련님이라고 불리던 과거를 등지고 어엿한 교사가 되고자 자신이 나고 자란 도쿄를 떠난다.

막상 근무지인 '시골'에 가보니 문명이 낙후하고 인정이 뒤틀려 있는 곳으로 보였다. 교무실에서 동료 교사들과 첫인사를 나누자마자 도련님은 매우 우스꽝스럽고 변변치 않은 교사들 면면이 빤히 들여다보였다. 그래서 교사들에게 당장 너구리(교장), 빨강셔츠(교감), 끝물호박(영어교사), 알랑쇠(미술교사), 산미치광이(수학 주임) 같은 익살스러운 별명을 붙여 준다. 낯선 현실을 받아들이기 위한 도련님 나름의 풍자 방식인지도 모른다.

나아가 첫 수업 시간을 끝내고 도련님은 학생들의 태도가 도리에 어긋난다고 판단한다. 학생들은 처음 부임해 온 교사를 배려하고 환대하기는커녕 도쿄 말투가 너무 빨라 알아들을 수 없다고 불평을 쏟아냈다. 또한 어려운 기하 문제를 질문한 학생에게 본인도 잘 모르겠으니 다음에 가르쳐 주겠다고 솔직하게 대꾸한 일을 가지고, 학생들은 선생이 모르겠다고 한 말만 꼬투리 잡아 놀림감으로 삼았다.

학생들은 처음부터 교사를 존중하기는커녕 오직 깎아내리고 웃음거리로 삼으려는 태도를 드러냈다. 외지인에 대한 경계인지 텃세인지 알 수 없는 노릇이지만, 분명히 무례하고 바람직하지 못한 태도다. 또한 학생들은 도련님이 식당에서 평소 좋아하는 메밀국수나 경단을 사 먹은 일을 가지고 교사의 위신을 깎아내리는 행동인 양 비아냥거린다. 그런가 하면 주위 사람들은 도련님이 매일 온천을 즐기는 일을 놓고 사치를 부린다고 수군거린다.

도련님은 일거수일투족을 간섭하고 폄하하기 바쁜 사람들의 놀림과 비웃음을 소인배의 비겁한 짓이라고 느낀다. 그들은 교사가 본연의 직분을 수행하는 일보다 자기들의 심기를 거스르는 일만 주목하고 꼬투리를 잡는다. 학생들은 교사를 교사로서 존경하지 않고, 주위 사람들은 개인의 특성이나 취향을 존중하지 않는다. 나쁜 짓이 아닌데도 억누르려고만 하면서 쓸데없이 권위를 내세우는 못된 습성이다.

이런 부정적인 성격을 대변하는 인물이 빨강셔츠다. '쾌락보다는 정신적인 오락을 추구해야 한다.' 운운하며 알량한 지식을 뽐내는 그는 그야말로 오만과 위선에 가득 차 있다. 그뿐만 아니라 교감이라는 지위를 남용해 자신의 연적에 해당하는 끝물호박을 부당하게 먼 곳으로 전근시킬 만큼 뻔뻔하고 이기적이다. 그는 교사라는 직분에 충실하기는커녕 질 나쁜 '정치'를 동원해 자기 이익을 챙기려고 든다. 빨강셔츠과 도련님은 정반대의 기질과 성격을 지녔기에 두 사람 관계가 적대적인 것은 당연하다.

이러한 사정으로 도련님은 중학교라는 사회에 쉽게 적응하지 못하고 위에서 언급한 세 가지 결정적인 사건을 거치는 동안 사회와 마찰을 빚으며 주위와 갈등을 키우고 만다. 도련님은 고지식하고 직선적이고 외곬인 성격 때문에 주위 사람들과 잘 어울리지 못하고 사회에 적응하지 못하는 듯 보인다. 그러나 관점을 달리하면 도련님이 올곧고 정의롭고 의리를 중시하고 타협할 줄 모르는 성격이기 때문에 처세에 능하지 못하고 주위 사람들의 눈 밖에 난다고 볼 수 있다.

4

『도련님』의 첫 문장은 이렇다. "천성이 앞뒤 재지 않고 덤비고 보는 천방지축인지라 어릴 때부터 손해만 본다." 과연 어릴 적 높은 곳에서 뛰어내리거나 서양제 나이프로 자기 손가락을 베어 보이는 장면을 보면 도련님은 혀를 내두를 정도로 터무니없고 무모해 보인다. 하지만 이 소설을 끝까지 다 읽고 나면 도련님의 남다른 개성은 남에게 지기 싫어하고, 절대로 자존심을 굽히지 않으려고 하고, 말보다는 행동으로 시비를 가리고 증명하려는 성격의 반증이라고 이해할 수 있다.

도련님이라는 인물은 20세기 초엽 일본 근대문학자들이 그린 청년상과 비교해도 확연히 이질적이다. 당시 문학작품에 나오는 엘리트 청년은 근대로 넘어가는 격변기라는 새로운 시대에 적응하려고 노력하지만, 구시대의 제도와 가치에 억눌려 우유부단하고 우울한 정조를 벗지 못한다.

나쓰메 소세키와 더불어 일본 근대문학의 쌍벽을 이룬다고 일컬어지는 모리 오가이의 대표작 「무희」를 떠올려 보더라도, 두 작품 속 청년 주인공은 지극히 대조적이다. 「무희」에서 국가와 가문의 기대를 안고 독일에 유학 중인 주인공 청년은 세상의 체면과 편견을 의식하고 독일 소녀를 향한 애정을 포기한다. 또한 나쓰메 소세키의 후기 작품에 나오는 청년들도 '도련님'과 달리 대개 사색적이고 내향적이다. 그만큼 전근대와 근대라는 단절과 연속을 고려할 때 도련님이라는 청년상은 돌연변이처럼 여겨질 만큼 생뚱맞다.

도련님이 매우 괄괄하고 과격하게 보이는 까닭은 옳다고 생각하는 대로 몸이 먼저 움직이기 때문이다. '좋은 게 좋은 것.'이라거나 '모난 돌이 정 맞는다.' 같은 처세술은 도련님과 어울리지 않는다. 도련님은 말주변도 없고 세련함이 부족하지만 순수하고 타산 없이 정의를 선택한다. 또한 자기가 한 일은 스스로 책임을 지고, 잘못을 저질렀으면 잘못이라고 솔직히 시인한다. 이렇듯 정직하고 올곧은 성격과 행동을 보여 주기 때문에 도련님은 한 세기가 훨씬 지난 오늘날에도 그야말로 '청년'의 전형이라고 할 수 있다.

그렇다. 도련님은 청년 중의 청년이다. 기성세대나 기득권 같은 사회의 불합리와 타락에 반기를 들 줄 안다. 겉으로는 좌충우돌하는 듯 보여도 자기 나름대로 정의의 기준이나 가치관이 확고히 서 있다. 출세라든지 이익을 앞세워 힘 있는 자와 타협하거나 남의 눈을 의식하는 것 같은 비겁하고 유약한 모습을 보이지 않는다. 누구의 뒷배에도 기대지 않고 홀로 독립적으로 사회의 일원으로서 묵묵히 자기 일을 해나간다.

생명력과 활기에 넘치는 청년 도련님이 120년 전 일본 사회와 일본인을 날카롭게 비판하고 사회적 모순과 꿋꿋하게 맞섰던 것처럼, 오늘날 한국의 독자들도 『도련님』을 읽고 청년 도련님의 눈으로 한국 사회와 한국인을 날카롭게 비판하고 불의에 꿋꿋이 맞서는 진취적인 기상을 얻어 가길 바란다. 겉으로는 좀 무뚝뚝해 보여도 속마음은 따뜻한 '도련님'은 우리의 도시 어디에선가 틀림없이 우리를 반겨줄 것이다.

김경원

1867년   에도(현재의 도쿄)에서 우시고메 지역의 나누시(동장이
         나 이장에 해당) 나쓰메 고헤에나오카쓰[夏目小兵衛直
         克]와 그의 후처 치에[千枝] 사이에서 8형제(5남 3녀)
         중 막내로 태어난다. 본명은 긴노스케[金之助]이다.

1868년   양친이 연로한 데다 형제가 많아 요쓰야의 나누시 시
         오바라 마사노스케[濂原昌之助](당시 29세)의 양자로
         들어간다.

1870년   천연두에 걸려 얼굴에 자국이 남는다.

1874년   도다 소학교에 입학한다.

1876년   양부모의 이혼으로 본가로 돌아간다.

1878년   친구들과 만든 회람 잡지에 한문으로 쓴 「정성론(正成
         論)」(남북조 시대의 무장이었던 구스노키 마사시게[楠木

正成]에 관한 논문)을 쓴다.

1879년   도쿄 부립 제1중학교에 입학한다.

1881년   생모 치에가 향년 54세의 나이로 사망. 부립 제1중학
          교를 중퇴하고 한문을 배우기 위해 니쇼 학사에 들어
          간다.

1883년   대학 예비문(大學豫備門. 제1고등학교의 전신. 당시에
          도쿄 제국대학 입학을 위한 전 단계로 여겨졌다.) 입학
          시험을 준비하기 위해 세이리쓰 학사에 입학해 영어를
          집중 공부한다.

1884년   대학 예비문 예과에 입학. 복막염 등의 이유로 낙제하
          나 심기일전해 졸업할 때까지 줄곧 수석을 차지한다.

1887년   3월 큰형 다이스케[大助], 6월 둘째 형 나오노리[直則]
          가 폐결핵으로 연이어 사망한다.

1888년   대학 예비문(재학 중에 제1고등중학으로 개명됨) 예과
          졸업과 동시에 본과 영문과에 진학한다.

1889년   하이쿠 시인 마사오카 시키[正岡子規]와 교우. 이때부
          터 소세키[漱石]라는 아호를 사용하기 시작한다. 기행
          (紀行) 한시문집『목설록(木屑錄)』을 쓴다.

1890년   제1고등중학 본과 졸업. 도쿄 제국대학 문과대학 영문
          과에 입학한다.

1892년   도쿄 전문학교(와세다 대학교의 전신) 강사.《철학잡지》
          편집위원을 역임한다.

1893년   영문과 졸업 후 같은 과 대학원에 진학.
          10월 도쿄 고등사범학교 촉탁 교사가 된다.

1895년   에히메현 소재 마쓰야마 중학교 교사로 부임한다. 하
         이쿠에 열중한다.
         12월 중매로 만난 귀족원 서기관장의 딸 교코[鏡子]와
         약혼한다.

1896년   구마모토의 제5고등학교 전임 강사로 부임.
         7월 교수로 승진. 교코와 결혼한다.

1897년   부친이 사망한다.

1899년   장녀 후데코[筆子]가 출생한다.

1900년   문부성 파견 유학생으로 선발되어 2년간 영국 유학길
         에 오른다. 당초 케임브리지 대학교에 등록할 예정이었
         으나 포기하고 런던 소재 유니버시티 칼리지에서 영문
         학 강의를 청강한다.

1901년   차녀 쓰네코[恒子] 출생. 이 무렵 문학 이론서 『문학
         론』 집필을 구상하고 하숙집에 칩거하며 귀국 때까지
         저술에 몰두한다. 유학비 부족과 고독감으로 신경쇠약
         에 빠진다.

1902년   스코틀랜드 지방 여행을 떠났다가 12월 귀국길에 오
         른다.

1903년   셋째 딸 에이코[榮子] 출생. 제1고등학교 전임 강사와
         도쿄 제국대학 영문과 전임 강사를 겸한다. 영문학 형
         식론, 문학론 등을 강의. 처 교코와의 불화가 심화된다.
         신경쇠약 증세를 재차 호소한다. 이 무렵부터 수채화를
         그리기 시작한다.

1905년   문예지 《호토토기스(ホトトギス)》에 소설 『나는 고양이

로소이다(吾輩は猫である)』를 발표. 예상외의 호평으로 속편을 연재한다. 단편 「런던탑」, 「칼라일 박물관」, 「환영의 방패」 등을 발표.

12월 넷째 딸 아이코[愛子]가 출생한다.

1906년 　단편집 『양허집(棠虛集)』 출판.

4월 「도련님(坊っちゃん)」을 《호토토기스》에 발표한다.

1907년 　도쿄 제대와 제1고등학교를 사직하고 1년에 100회가량 연재소설을 쓰는 조건으로 아사히 신문사의 전속 작가가 된다.

6월 장남 준이치[純一]가 출생한다.

1908년 　「산시로[三四郎]」를 《아사히 신문》에 연재. 차남 신로쿠[伸六]가 출생한다.

1909년 　「그 후(それから)」 연재. 대학 시절의 친우이자 남만주 철도 총재인 나카무라 제코[中村是公]의 초대에 응해 만주와 조선을 여행 후, 여행기 「만주한국 여기저기(滿韓ところどころ)」를 연재한다.

1910년 　다섯째 딸 히나코[雛子] 출생. 「문(門)」 연재. 위궤양 증세가 악화되어 입원과 요양 생활을 한다.

1911년 　문부성으로부터 문학박사 학위를 수여하겠다는 통보를 받았으나 거부 의사를 밝힌다. 아사히 신문사의 의뢰로 「현대 일본의 개화」 등을 강연.

11월 다섯째 딸 히나코가 사망한다.

1912년 　「춘분 무렵까지[彼岸過迄]」 연재. 남화(南畵)풍의 그림을 시작한다.

12월 「행인(行人)」 연재를 시작한다.

1913년 위궤양 재발로 요양 생활을 한다.

1914년 「마음(こころ)」을 연재하고 「나의 개인주의(私の個人主
義)」 강연을 한다.

1915년 「유리문 안에서(硝子戶の中)」, 「한눈팔기(道草)」를 연재
한다.

1916년 「명암(明暗)」 연재를 시작하나 지병 악화로 188회를 마
지막으로 중단한다.

12월 9일 위궤양 증세 악화로 인한 내출혈로 사망한다.

1918년 최초의 『나쓰메 소세키 전집』(전 13권)이 이와나미 쇼
텐[岩波書店]에서 간행된다.

세계문학전집 473

도련님

1판 1쇄 펴냄   2025년 9월 5일
1판 2쇄 펴냄   2025년 10월 10일

지은이   나쓰메 소세키
옮긴이   김경원
발행인   박근섭, 박상준
펴낸곳   (주)민음사

출판등록   1966. 5. 19. (제 16-490호)
서울특별시 강남구 도산대로1길 62(신사동) 강남출판문화센터 5층 (우편번호 06027)
대표전화 02-515-2000   팩시밀리 02-515-2007
www.minumsa.com

© 김경원, 2025. Printed in Seoul, Korea

ISBN 978-89-374-6473-7 04800
ISBN 978-89-374-6000-5 (세트)

* 잘못 만들어진 책은 구입처에서 교환해 드립니다.